Peter Lückemeier (Hg.)

Weihnacht im Taunus – Ein Wohlfühlbuch

Peter Lückemeier (Hg.)

Weihnacht im Taunus

Ein Wohlfühlbuch

SOCIETÄTS
VERLAG

Satz: Bruno Dorn, Societäts-Verlag
Umschlaggestaltung: Bruno Dorn, Societäts-Verlag
Umschlagabbildung: © panthermedia.net / Crop_
Druck und Verarbeitung: CPI books GmbH, Leck
Printed in Germany 2018

ISBN 978-3-95542-270-7

MIX
Papier aus verantwortungsvollen Quellen
FSC® C083411
FSC www.fsc.org

Inhalt

Editorische Notiz

In den historischen Texten wurde die alte Schreibweise übernommen, nur klar ersichtliche Fehler oder irreführende Formulierungen wurden berichtigt. Wörter wie „daß", „die That", „die Theilnahme", „ueberall" oder „bescheert" folgen dem Original ebenso wie die keiner einheitlichen Regel folgende Anwendung des Apostrophs. Die neue Rechtschreibung (dass statt daß etc.) wird erst dort angewendet, wo sie gilt. Auf diese Weise erhalten alle Texte ihre historische Authentizität. Bad Homburg heißt bis 1912 noch Homburg, erst danach kam das Bad hinzu – so auch in diesem Buch. Gleichfalls wurden die unterschiedlichen Schreibweisen „Taunus-Bote", „Taunusbote" und „Der Taunusbote" übernommen.

Das Weihnachtslied

Auf der Titelseite der Weihnachtsausgabe von 1949 veröffentlichte „Der Taunusbote“ viereinhalb Jahre nach Kriegsende den Tatsachenbericht von Otto Dörr, der noch heute zu Herzen geht. Es handelt sich, wie es in der Unterzeile heißt, um das „Lagererlebnis in Rußland, erzählt von einem, der heimkam“.

Lagererlebnis in Rußland, erzählt von einem, der heimkam

VON OTTO DÖRR

Der Tag unterschied sich eigentlich durch nichts von all den andern. Gegen 5 Uhr setzte ein leises Schneetreiben ein, das aber bald wieder aufhörte. Wir lagen eng aneinandergeschmiegt in unseren Betten und versuchten uns gegenseitig zu wärmen.

Herbert, der Holzschnitzer aus dem Erzgebirge, hatte eine Weihnachtspyramide geschnitzt; diese stand auf dem kleinen Medikamentenschrank. Wenn sie nicht dagewesen wäre, hätte man gar nicht gemerkt, daß Weihnachten war. In der Etage unter uns hatten die Sanitäter ein kleines Weihnachtsbäumchen einschmuggeln können. Aber als es der Wachoffizier sah, mußte es sofort wieder abgegeben werden.

Der Alte neben mir war wieder für ein paar Stunden bei Besinnung. Die meiste Zeit über lag er in wirren Fieberträumen. Dann gab er Befehle oder führte Telefongespräche. Er mußte wohl Offizier gewesen sein.

Um 6 Uhr kam der deutsche Stationsarzt zusammen mit dem Sanitäter herein. Sie blieben beide an der Tür stehen. Kein Mensch sagte ein Wort. Alfred, der Maler, holte aus seinem Strohsack ein Altes, abgegrif-

fenes Testament hervor, das er bis jetzt behalten hatte. Er gab dem Sani einen Wink, der daraufhin die selbstgefertigten Kerzen aus Paraffin an der Weihnachtspyramide entzündete.

Und dann begann er, die alten, so oft gehörten Worte zu lesen: „Es begab sich aber zu der Zeit, da Kyrenius Landpfleger in Syrien war." Und er las die Weihnachtsgeschichte, langsam, stockend. Von Zeit zu Zeit sah er von dem Buche auf und auf die Männer hin, die da vor ihm in den Betten lagen, scheinbar unbeteiligt und abwesend. Verschiedene hatten sich jäh nach der anderen Seite gewandt, als er anfing zu lesen. Einer fing an zu schimpfen, hörte aber bald wieder auf, da keiner ihn unterstützte. Und Alfred las weiter, aber es wollte nicht so recht. Spürte er die Ablehnung, die schweigend, aber unerbittlich in dem Zimmer stand?

Als er an die Worte kam: „Und Friede auf Erden und den Menschen ein Wohlgefallen", stockte er. Er sah auf und wieder zurück ins Buch, um weiterzulesen. Aber er konnte nicht mehr. War es nicht Hohn: „Friede auf Erden und den Menschen ein Wohlgefallen"? Die abgehärmten, verbitterten Gesichter vor ihm, straften sie nicht seine Worte Lügen? Nein, er konnte nicht mehr weiterlesen. Er klappte sein Testament zu und ging langsam an sein Bett zurück.

Da holte der kleine Berliner, der gleich vorne an der Tür lag, eine – ja tatsächlich – eine Mundharmonika hervor. Er setzte sie an und begann ganz leise zu spielen:

Stille Nacht, heilige Nacht ...

Es ging durch uns alle wie ein elektrischer Schlag. Wie auf Kommando drehten sich alle Köpfe in Richtung des Spielers. Zwei, drei Mann begannen sofort mitzusingen. Aber die anderen alle schwiegen, und ganz dünn und wie verloren klang es durch den großen Raum:

Alles schläft, einsam wacht ...

Der Alte neben mir sagte mit kaum vernehmbarer Stimme: „Bub, heb mir den Kopf etwas an!" Ich hob ihm ganz behutsam den Kopf. Er sah die leuchtende Pyramide, und wie ein Erkennen und Verstehen huschte es über sein Gesicht.

Nur das traute, hochheilige Paar ...

„Hört doch auf mit dem Quatsch", sagte einer, aber es half nichts. Das Lied hörte nicht auf. Hier und da gab sich wieder einer einen Ruck und sang mit.

Als die erste Strophe zu Ende war, öffnete sich die Tür, und die alte, weißhaarige russische Ärztin betrat das Zimmer. Das Lied verstummte. Aber da sagte der Alte neben mir mit seiner leisen, aber doch festen Stimme: „Weitersingen!" Und wir sangen weiter und wieder:

Stille Nacht, heilige Nacht ...

Und da geschah das Unfaßbare. Die paar, die sangen, blieben nicht allein. Wie von einer unsichtbaren Hand gezogen, drehten sich immer mehr dem Liede zu, und einer nach dem anderen begann mitzusingen. Als wir an die Stelle kamen:

Hirten erst kundgemacht ...

sang schon beinahe der halbe Saal mit. Aber noch kämpfte die andere Hälfte verzweifelt gegen das Lied an. Aber es half nichts, die alten, so vertrauten Klänge schlugen alle in ihren Bann. Immer mehr richteten sich auf, und einer nach dem anderen begann mitzusingen, und am Schluß der zweiten Strophe sang der ganze Saal einmütig:

Christ, der Retter ist da!

Es war wohl einer der erschütterndsten Anblicke, die ich je gesehen habe, aber zugleich auch einer der schönsten. Da saßen nun 120 schwerkranke Männer, vollkommen abgemagert und viele schon vom Tod gezeichnet, und sangen das alte Weihnachtslied. Das Lied hatte das fertiggebracht, was sonst durch nichts zu erreichen war: Hier waren nun 100 Männer, die in einem geradezu brutalen Kampf um ihr Leben standen, in einem Kampf, der oft Mann gegen Mann und bis zur letzten Konsequenz ging und der oft vor Verrat und Denunzierung nicht haltmachte, einträchtig vereint. Es war tatsächlich ein Wunder, das da geschehen war. Und es sollte nicht das einzige an diesem Abend bleiben.

Während wir die dritte Strophe sangen, öffnete sich die Tür und der russische Kommandant, gefolgt von dem Lazarettkommissar, betrat das Zimmer. Sie mochten wohl durch das Singen herangelockt worden sein. Es war ihnen bestimmt ein Rätsel, wie diese Männer auch noch singen konnten. Und wie sie sangen! Sie hörten auch nicht auf, als die beiden Offiziere das Zimmer betraten. Und da geschah das zweite

SAALBVRG·PORTA DEXTRA·
E·D.

Wunder: Die Offiziere, die eine Stunde vorher das Aufstellen eines kleinen Weihnachtsbäumchens verboten hatten, sagten jetzt kein Wort. Sie spürten aber wohl, daß hier etwas Besonderes vor sich ging. Sie sahen sich beide an, nahmen – o Wunder – ihre Mützen ab, warteten, bis das Lied vorbei war und gingen still wieder hinaus.

Das Lied hatte bei uns das Eis endgültig gebrochen. Wir wünschten uns gegenseitig eine gesegnete Weihnacht und eine baldige Heimkehr. Aber noch mehr: Man spürte förmlich, wie jeder bemüht war, einmal nicht so mürrisch zu sein wie sonst, und man hörte, wie hier und da einer dem anderen ein freundliches Wort sagte. Und – ein freundliches Wort – wann hatten wir das zum letzten Male gehört?

Es wurde bald ruhiger. Jeder war jetzt mit seinen Gedanken zweitausend Kilometer weiter westlich in der Heimat. In die Stille sagte einer ganz trotzig, wie als Antwort auf eine Frage: Und heute ist doch Weihnachten!

Der Alte neben mir war wieder ohne Besinnung. Nach etwa zwei Stunden, als alles ruhig geworden war, fing er wieder an zu phantasieren. Aber es war so anders als sonst. Ich konnte kaum noch verstehen, was er sagte. Ich beugte mich über ihn, um besser verstehen zu können, was er sagte. Er kommandierte wieder. Aber was? „Stillgestanden!" und jetzt: „Helm ab zum Gebet!" (Er war wohl in Gedanken beim Großen Zapfenstreich.) Und dann faltete der alte Mann im Fieber seine Hände und begann langsam und stoßweise und immer schwächer werdend: „Ich ... bete an ... die Macht ... der Liebe ..." Ich konnte nichts mehr verstehen, aber er formte die Worte ganz deutlich mit den Lippen, so daß ich sie ablesen konnte: „Die ... sich ... in". Es war vorbei.

Als ich ihm die Decke über den Kopf ziehen wollte, wie wir es bei allen machten, die gestorben waren, um den anderen den Anblick zu ersparen, blieb ich an seinem Gesicht hängen. Er hatte die Augen geschlossen und lächelte.

Ich habe viele, sehr viele Menschen in Rußland sterben sehen, aber dieser alte Mann war der einzige, der im Tode gelächelt hat. Und dieses Gesicht war so schön, daß ich es nicht zudecken konnte. Und ich habe mich an diesem Lächeln in dem Land ohne Lächeln richtiggehend sattgesehen.

Als später zwei Sanitäter kamen, um ihn abzuholen, blieben sie betroffen stehen, und der eine sagte ganz verwundert: „Seht doch nur, er lächelt!"

Ja, er lächelte. Sein Gesicht hatte eine unverkennbare Ähnlichkeit mit dem eines kleinen Kindes, das aus dem Dunkel des Vorzimmers unter die strahlenden Lichter des Weihnachtsbaumes tritt.

Der Taunusbote vom 24./25. Dezember 1949, Originalüberschrift

Vorweihnacht

Ehe er von 1992 bis 2004 Bürgermeister von Bad Soden war, bekleidete Kurt E. Bender in der Kurstadt das Amt des Stadtverordnetenvorstehers. Als solcher hatte der inzwischen verstorbene Politiker Gelegenheit, das Leben in seiner ganzen Fülle zu registrieren, also auch die schöneren Seiten. Das beweist sein kleiner Beitrag in der Bad Sodener Zeitung vom 13. Dezember 1989.

Da wird Anfang Dezember ein Sodener Bürger 80 Jahre alt. Er lebt allein und heißt Erich W. Als ich ihn überraschend besuchte, obwohl ich vorher wegen einer Erkrankung abgesagt hatte, öffnet mir sein Nachbar Manfred S. die Tür. Die Nachbarin Frau K. kommt mit einem Päckchen ebenfalls gerade als Gratulantin. Im kleinen Stübchen finde ich neben dem Geburtstagskind und seiner Hauswirtin Frau S. noch die Freunde Karl M. und Oskar H., die sich zusammen mit Manfred freundschaftlich-unternehmerisch die „Drei Musketiere" nennen. Alle sind fröhlich und freuen sich zusammen mit Erich, daß er seinen Geburtstag wieder gesund und zuhause feiern kann, denn er war lange im Krankenhaus gewesen – Operationen an beiden Augen: der Star. Manfred erzählt, daß sie und die Nachbarn Erich überredet hatten, sich die Augen untersuchen zu lassen, weil er immer weniger sehen konnte. „Einer von uns hat geredet, einer hat geschoben und einer hat gezogen." Oskar hat Erich dann ins Krankenhaus gefahren und alle haben ihn dort besucht und ihm Mut gemacht, alle Nachbarn waren um den Erfolg besorgt. „Ich kann jetzt im Fernsehen sogar den Ball beim Fußballspiel wieder fliegen sehen. Und Bücher kann ich auch wieder lesen." Ich freue mich mit Erich, daß es ihm wieder gut geht, daß er sein Augenlicht wieder nutzen kann. Ich freue mich aber auch, daß es in unserer Stadt solch gute Nachbarschaften gibt. Hoffentlich noch viele weitere. Es wäre für mich, für unsere ganze Stadt ein wunderschönes Weihnachtsgeschenk.

Vorweihnachtliche Beleuchtungswünsche

Aus dem Usinger Lande. Wir sind gewiß nicht unbillig zu nennen, wenn wir den Wunsch äußern, auf der Fahrt zwischen Homburg, Usingen und weiter, an Abenden wie der des 30. Novembers d. J. bei ganz besetztem Postwagen, in demselben ein Licht und wenn noch so klein zu erhalten. Was die Beleuchtung eines besetzten Wagens für sich hat, wird wohl Jeder begreifen. Zumal man von Homburg bis Wehrheim 2 Stunden Wegs 33 Kreuzer und von Frankfurt nach Höchst ebenfalls 2 Stunden bei erleuchtetem Eisenbahnwagen nur 12 Kreuzer bezahlt.

Der Wächter am Main und Taunus vom 6. Dezember („December") 1855

HOFHEIM

Erfolgreiche Weihnachtsfeier

Die am Sonntag im Vereinshause stattgehabte Weihnachtsfeier des Jünglingsvereins nahm einen schönen Verlauf. Die Veranstaltung brachte zuerst einige musterhaft vorgetragene Musikstücke, sodann das Lied: „Gott grüße dich", worauf eine zündende Ansprache des Herrn Kaplan Göbel folgte. Die gut einstudierten Theaterstücke „Friede auf Erden" und „Die Wichtelmännchen" fanden allgemeinen Beifall.

Kreis-Blatt für den Kreis Höchst a.M. vom 21. Dezember 1910

ESCHBORN

Vor dem Fest

Für sechs Familien, die bisher in sehr bedrängten Wohnungsverhältnissen leben mußten, hat die Not jetzt ein Ende. Gerade noch rechtzeitig vor dem Weihnachtsfest konnten sie zusammen mit drei Flüchtlingsfamilien aus der Ostzone in ein Neunfamilienhaus einziehen, das die Nassauische Siedlungsgesellschaft mit Unterstützung der Gemeinde und Mitteln aus dem Notstandsprogramm und dem Sowjetzonenflüchtlingsprogramm entwickelt hat.

Höchster Kreisblatt vom 17. Dezember 1950

Herr Cornelius kauft ein

Eine vorweihnachtliche Geschichte

1954, im Jahr der Fußballweltmeisterschaft, hatte das Wirtschaftswunder längst eine Kraft entfaltet, die nicht mehr allein der Sicherung der Existenz gelten musste. Der Wohlstand setzte inzwischen Energien frei, die sich auch im Privaten entfalten durften, wie die folgende, lebensnahe Geschichte von Hanns K. Helm aus dem „Taunusboten" zeigt.

Ein Herr, ein angegrauter Fünfziger im Kamelhaarmantel, betritt das weihnachtlich illuminierte Modehaus. Der Geschäftsführer knickt in den Hüften ein und bringt seine Verbeugung an. „Der Herr wünschen?"

„Ich suche eine Damenbluse."

„Erster Stock, bitte! Der Fahrstuhl kommt sofort!"

Schon steht der Herr mit den grauen Schläfen vor der reizenden jungen Verkäuferin. „Ich suche eine Damenbluse."

„In welcher Farbe, bitte?"

„Passend zu einem braunen Jackenkleid", sagt der Herr im Kamelhaarmantel.

„Da habe ich etwas sehr Apartes. Diese Bluse hier in Beige, Wiener Modell."

Der Herr wählt lange und mit Sorgfalt. Dann entscheidet er sich trotz des hohen Preises für das Wiener Modell in Beige. Die Verkäuferin lächelt, während sie die Bluse zusammenlegt. „Ihre Gattin wird sicherlich viel Freude daran haben, Herr Cornelius."

„Meine Frau?"

„Oh, Pardon!" Die junge Verkäuferin ist sichtlich verlegen. Der Herr mit den grauen Schläfen räuspert sich. „Übrigens, woher kennen Sie mich?"

„Ihre Gattin ist eine gute Kundin von uns, und als ich noch Lehrmädchen war, mußte ich des öfteren Pakete zu Ihnen in die Wohnung bringen."

Der Herr winkt ab. „Schon gut!" Er lächelt etwas gezwungen.

Als er mit seiner festlich eingepackten Bluse auf den Fahrstuhl warten muß, der ihn nach unten bringen soll, hat er einige Augenblicke Zeit zu überlegen. Eine fatale Geschichte, denkt er. Also meine gute Hilde ist hier so etwas wie eine Stammkundin. Wenn die nach den Feiertagen mit der kleinen Verkäuferin ins Gespräch kommt und sie dann gefragt wird, wie ihr die Bluse gefällt, die sie gar nicht bekommen hat! Sehr fatal! Es hilft nichts, Hilde muß die Bluse haben. Na, hat die kleine Monika eben Pech gehabt. Der Herr im Kamelhaarmantel fühlt sich nach diesen Gedankengängen sehr erleichtert. Der eheliche Frieden ist gesichert.

Der Fahrstuhl saust nach unten. Herr Cornelius tritt ins Freie und läßt sich den frischen Dezemberwind um den heißen Kopf wehen. Wie angewurzelt bleibt er nach ein paar Schritten stehen. Hat er nicht zu der Verkäuferin gesagt: „Passend zu einem braunen Jackenkleid?" Natürlich hat er das gesagt. Aber seine Hilde hat ja überhaupt kein braunes Jackenkleid; Monika, seine Sekretärin, hat eins. Zu dumm, wenn die Verkäuferin …

Der Herr im Kamelhaarmantel macht auf dem Absatz kehrt, geht ein paar Schritte zurück und betritt das weihnachtlich illuminierte Modehaus. Der Geschäftsführer knickt in den Hüften ein und bringt seine Verbeugung an. „Der Herr wünschen?"

Der Herr im Kamelhaarmantel räuspert sich. „Ich suche ein braunes Jackenkleid."

WEIHNACHTEN

Im „Oberurseler Lokal-Anzeiger" erschien am 24. Dezember 1909 das Gedicht mit dem Titel „Weihnachten" aus der Feder des Lehrers, Dichters und Journalisten Alois Henninger. Er wurde im damals noch selbstständigen, erst 1972 nach Oberursel eingemeindeten Stierstadt am 30. Oktober 1814 geboren und starb am 30. Juni 1862 in Frankfurt-Heddernheim. Der Umstand, dass der „Lokal-Anzeiger" fast fünfzig Jahre nach Henningers Tod noch Verse von ihm druckt, zeigt, dass er in seiner Heimat unvergessen war. Henninger war ein Kämpfer für Freiheit, Demokratie und deutsche Einheit. Er verlor 1848 seine Anstellung als Lehrer. Er betätigte sich seitdem literarisch, gehörte aber auch zu den Gründern des Oberurseler „Lokal Gewerbevereins" und war in der Redaktion des „Taunusboten" tätig. Er ist Autor zahlreicher Gedichte.

VON ALOIS HENNINGER

Schon tausendmal besungen,
O schöne Weihnachtszeit,
Sind immer neu die Zungen
Zu deinem Preis bereit!
Der Freude, die du spendest,
Wird müde nie die Brust,
Weil ewig zu du wendest
Ihr frisch der Jugend Lust!

Ein Zauber ohne Gleichen
Geht von dem Bäumchen aus,
Dem schmucken, gabenreichen,
Das du bescheerst dem Haus!
Die Kleinen steh'n entzücket,
Die Großen seh'n beglücket,

Im Augen seel'gen Glanz
Auf ihren frohen Kranz!

Der Greis, der, daß es währe
Mit ihm nicht lang mehr, weiß,
Wischt eine Freudenzähre
Sich aus den Augen heiß
Und denket an die Stunde
Voll Seligkeit zurück,
Die einst ihm süße Kunde,
Bescheert dasselbe Glück:

Das Mütterchen, der Bahre
Ganz nahe schon gerückt,
Glaubt ihrer Jugendjahre
Christbäumchen neu geschmückt
Und spielt mit ihrer Puppe
Noch einmal froh im Geist,
Wenn ihrer Enkel Gruppe
So selig sie umkreist!

Der Freude, die du spendest,
Wird drum nicht satt die Brust,
Weil ewig zu du wendest
Ihr frisch der Jugend Brust,
Und, tausendmal besungen,
Sind immer neu bereit
Zu deinem Preis die Zungen,
Du schöne Weihnachtszeit!

Sei denn der Welt gegrüßet
Aufs neue fröhlich heut,
Und reich, was ihr versüßet
Dein Kommen ausgestreut!

Laß deiner Bäume Kerzen
Den Kleinen wonnig glühn
Und in der Großen Herzen
Ihr Glück vergnügt erblühn!

Oberurseler Lokal-Anzeiger vom 24. Dezember 1909

Winter im Taunus

Der ganz Taunus liegt dick voll Schnee, namentlich gestern Nachmittag und abends ist eine Menge Schnee gefallen, der etwa von Hornau ab aufwärts liegen blieb und in Königstein bereits 15 - 20 Zentimeter Höhe erreicht. Je weiter man von Königstein aufwärts steigt, desto höher liegt der Schnee und die Bäume brechen fast unter der Last des Anhangs. Die Rodler, welche gestern Nachmittag ihre Schlitten in den Taunus schleppten, haben allzu viel Freude wohl nicht auszustehen brauchen, denn das fortwährend heftige Schneetreiben durchnäßte zuletzt jegliche Kleidung, sodaß am Abend die Annehmlichkeit eines geheizten Raumes wieder einmal recht deutlich verspürt wurde. Leider scheint die Königsteiner Bahn hierin anderer Ansicht zu sein, denn der 3.40 in Königstein abgehende Zug war so gut wie ungeheizt und wer die Heimfahrt in der nassen Montur überstanden hat, ohne einen Schnupfen zu aquirieren, der kann sich auf seine Bärennatur schon etwas einbilden.

Kreis-Blatt für den Kreis Höchst a. M. vom 21. November 1910

Probier's mal!

„Nachrichten aus Oberstedten" ist der folgende Beitrag aus dem Gründungsjahr der Bundesrepublik Deutschland 1949 überschrieben, der aber keine Nachricht, sondern eher ein Kommentar oder Appell ist:

Das Weihnachtsfest wirft auch hier bereits seine Schatten voraus. Ueberall sind die Ladeninhaber bestrebt, durch wirkungsvolle Dekorationen ihre Schaufenster anziehend zu gestalten, und es ist erstaunlich, wie viel sich mit einfachen Mitteln machen läßt. Zu Dutzenden stehen die Kleinen an den Scheiben und drücken sich verlangend die Näschen platt. Ob das Christkind wohl all die schönen Sachen bringen wird?

Es wird es wohl in vielen Fällen nicht können, so hart es ist, den Wunsch der gläubigen, hoffenden Kinderaugen erfüllen zu können. Die Gemeinde will hier mit gutem Beispiel vorangehen und den Aermsten der Armen mit einer, wenn auch bescheidenen Beihilfe die ärgste Not lindern.

Wie stehts mit Dir? Schau Dich um, da ist bestimmt jemand in der Nachbarschaft, dem Du mit Wenigem große Freude bereiten kannst und wenn man arm ist, sind die Wünsche klein, die Freude und Dankbarkeit aber ist umso größer. Man braucht ja nicht darüber zu sprechen, es geht ja niemanden sonst etwas an. Wenn dann die Kerzen am Weihnachtsbaum brennen, wirst Du mehr Freude daran haben, weil Du weißt, da freut sich noch einer mit Dir. Siehst Du, das ist ein Stück Weihnacht; probier's mal.

Der Taunusbote, 12. Dezember 1949

SCHOKOLADEN-OSTERHASEN

Vorweihnachtliche Überraschung bei Sarotti

In den 50er Jahren des 20. Jahrhunderts war der Schokoladenhersteller Sarotti in Hattersheim mit 2.000 Arbeitnehmern der größte Betrieb im Main-Taunus-Kreis. Vor Weihnachten 1951 will sich die Frankfurter Allgemeine in der Fertigung umschauen. Der Reporter muss jedoch feststellen, dass die Weihnachtsproduktion längst in den Läden angeboten wird. In Hattersheim ist man der Zeit entschieden voraus.

Die Schokoladenindustrie arbeitet jetzt auf Hochtouren für Weihnachten, so dachten wir uns den ersten Satz der adventischen Reportage in diesem Jahr, als wir das holprige Pflaster in Hattersheim erreichten und uns jenen Baulichkeiten näherten, um die bei Tag und Nacht die Düfte von Kakao, Vanille und Marzipan schweben. Schokolade am laufenden Band, Pralinen in Ueberziehungsmaschinen, Marzipanäpfel in formenden Frauenhänden.

Doch wenig davon, kaum eine der jetzt produzierten kleinen Likörbohnen wird auf weihnachtlichen Gabentischen landen. Die Weihnachtssaison ist so gut wie vorbei. Die meisten Bonbonieren mit den lachenden Mohren sind lange schon an Grossisten und Detaillisten ausgeliefert, zieren die Schaufenster adventlich geschmückter Geschäfte oder füllen bereits die Schreibtische vorsorglicher Freunde und Ehemänner.

In Hattersheim bepinselt man jetzt Ostereier. Ihre bunten Seidenschleifen auf den goldenen und silbernen Stanniolbezügen sind bereits das letzte Tüpfelchen auf dem i oder der letzte Schick für die langohrigen Springer, die im trüben November schon mit ihrer bunten Pracht die Frühlingsreise antreten.

Die Kollektionsschau für das Winterfest lag in fernen frühsommerlichen Tagen, und die schimmernden Eiszapfen, die Schneemänner, Tannenzapfen, Engelchen, Fischlein und Schweinchen als nahrhafter Schmuck für den Christbaum wurden von den vorausdenken Geschäftsleuten gekauft, als die Mädchen noch strumpflos in Kretonnefähnchen* über den heißen Asphalt tippelten.

Der Anblick der Hasen brachte unsere Zeitbegriffe und unsere vorweihnachtliche Stimmung ein wenig durcheinander. Doch blieb die ewig festliche Atmosphäre dieser süßgeschwängerten Räume so tröstlich und die Weinbrandpralinen zwischen den Zähnen zerdrückt so festlich, daß die Verschiebung der Jahreszeiten plötzlich keine Rolle mehr spielte.

In weißen Kitteln und weißen Häubchen, denen sich nicht eine einzige Locke entwinden darf, da selbst ein goldenes Härchen die kostbarste Praline verdirbt, sitzen Frauen und Mädchen an Fließbändern, vor Maschinen, an handwerklichen Tischen und verschönern den Genuß der Schokolade. Auch Lukull aß mit den Augen und jede Bonbonniere – mag ihr Inhalt an Wohlgeschmack auch nicht zu überbieten sein, verliert an Wert für den Käufer und an Freude für den Esser, wenn ihre Dekoration, ihre Aufmachung nicht einem guten Geschmack entspricht.

Schlüpfen die zehntausend schokoladenüberzogenen mit Likör, Marzipan oder Nugat gefüllten süßen Stückchen aus den Maschinen, so ergreifen gelenkige Finger die winzigen Teilchen und verzieren sie mit Pinselstrichen, Gabeltupfen oder kleinen Goldplättchen. Andere hüllen sie in Stanniol – eine eigens konstruierte Maschine liefert jetzt den Einwickeltand sogar plissiert – und wieder andere stellen das Repertoire zusammen. Die Konfektschachtel in mattblau, die andere in Altgold und die dritte in bunten Farben. Eigens hierfür angestellte Kunstgewerblerinnen sorgen für Stil im Schokoladengemisch. Ahnen die Pralinenliebhaber, wieviel Handgriffe erforderlich sind, ehe die Schokolade in ihrem Munde sich wohlschmeckend auflöst?

*ein etwas grober Baumwollstoff

Frankfurter Allgemeine Zeitung vom 1. Dezember 1951

150 Tafeln in der Minute

„Automolda": Das ist die utopisch klingende, aber reale Bezeichnung für einen 40 Meter langen, von elf Motoren angetriebenen Koloß von Maschine, der seit gestern im Schokoladenwerk Hattersheim 130 bis 150 Tafeln in der Minute ausspuckt. Dieses technische Wunderwerk rückt die Verwirklichung jener Vision von der perfektionierten Maschine näher, die zu Beginn des Maschinenzeitalters auf den verschiedensten Gebieten der Warenfertigung die Gemüter bewegte: Auf der einen Seite wird der Rohstoff hineingeschüttet, auf der anderen Seite kommt das fertige Produkt heraus.

Höchster Kreisblatt vom 15. Dezember 1953

BAD HOMBURG/JACKSONVILLE

Weihnachten ohne Tannenbaum

VON ANGELA BAKER

Als ich im Herbst 1982 nach Jacksonville/Florida zog, hatte ich mir noch keine Gedanken über Weihnachten gemacht. Von zu Hause war ich nur deutsche Weihnachten gewohnt. Der Weihnachtsbaum wurde von uns allen – meiner Mutter und meinen beiden Brüdern – gemeinsam ausgesucht und geschmückt. Es war immer eine sehr große Tanne, die bis fast an die Decke des Wohnzimmers reichte. Zum Schmücken nahmen wir Lametta, silberne und bunte, verzierte Kugeln und eine silberne Spitze obenauf. Die elektrischen Kerzen hatten verschiedene Farben. Es sah wunderschön aus, wenn sie sich im Lametta spiegelten. Am Heiligen Abend lagen die Geschenke mit Namensschildern verpackt unter dem Baum, und ich durfte sie vorlesen.

Als es in Jacksonville näher an Weihnachten kam, war ich dem Fest gegenüber mehr und mehr abgeneigt, denn ich hatte keine Freunde, mit denen ich diese Zeit verbringen konnte. Von meiner Erziehung her bin ich nicht sehr religiös, und ich rief sogar meine Mutter in Bad Homburg an und sagte ihr, ich wünschte, es gäbe gar kein Weihnachten. Was alles so schlimm machte, war mein Heimweh.

Ich arbeite in einem religiösen Krankenhaus und meine Mitschwestern dachten auch an mich und boten mir an, mit ihren Familien zu feiern. Ich entschied mich aber, lieber zu meinen Großeltern zu fahren. Da ich am 24. Dezember Abenddienst hatte, holten sie mich um 23 Uhr ab, und erst nach Mitternacht waren wir in ihrem Haus. Nach amerikanischer Sitte wurden die Geschenke am 25. Dezember ausgetauscht. Zu meinem Erstaunen sah ich bei ihnen einen Weihnachtsbaum aus

Plastik, der höchstens 30 cm hoch und mit Keksen, Holzornamenten und ganz kleinen elektrischen Kerzchen verziert war. Der ganze Baum war so voll behangen, daß man kaum noch einen Stamm sehen konnte. An seinem Fuße lag eine Art Filzteppich mit aufgenähten Weihnachts- und Schneemännern, den meine Großmutter selbst gemacht hatte. In Florida, so stellte ich fest, hat man nur Plastikbäume, da dort in den Sumpfgebieten keine Tannen oder Fichten wachsen. Nur selten gibt es Menschen – zu denen werde ich eines Tages auch zählen – die ein kleines Vermögen für eine Tanne ausgeben oder in einen anderen Staat fahren und sich dort eine holen.

Sobald ich nach meiner Ausbildung mehr verdiene, werde ich mir einen echten Baum kaufen, denn die Weihnachtsstimmung geht durch dieses künstliche Material verloren. Wenn ich hier nicht Kugeln und Lametta finde, lasse ich es mir aus Bad Homburg schicken, damit ich Weihnachten so feiern kann, wie es früher zu Hause war. Entweder richtig oder gar nicht!

Alt Homburg, Mitteilungs-, Kultur- und Erinnerungsblatt, vom Dezember 1983, Nr. 12

Lebensnot und Weihnachtszeit

Armut und Glücksentbehrung wird nie härter und bitterer empfunden als in der Weihnachtszeit. Wenn alles ringsumher erfüllt und bewegt ist von der Erwartung und Vorfreude des Festes, wenn alles sinnt und trachtet, die Seinen zu beschenken, ihnen Liebe zu zeigen und Freude zu machen, dann fühlt sich der arme, kranke oder sonst von harter Lebensnot heimgesuchte Mensch am verlassensten und unglücklichsten. Dann bedarf er des Mitfühlens, des guten Wortes, der barmherzigen Tat seiner Umwelt am meisten.

Weihnachten ist das Fest der Liebe. Das Elend um uns her mahnt uns, diesen Begriff nicht zu eng aufzufassen. Liebe sollen wir zeigen, nicht nur Weib und Kind, nicht nur unseren Freunden und Bekannten, der Mensch schlechthin soll in den Mittelpunkt unserer weihnachtlichen Gefühlswelt gestellt sein. Es gibt so namenlos viel Jammer und Elend in der Welt. Nie haben wir mehr die Pflicht, zu lindern, zu helfen, wohlzutun, menschenfreundlich und barmherzig zu sein, als um die Weihnachtszeit. Sie ruft uns eindrucksvoll das Heilandswort entgegen: „Was ihr dem Geringsten unter euch getan, das habt ihr mir getan!"

So gedenke um das Weihnachtsfest jeder der Bedürftigen und zünde ihnen durch eine gute Tat ein Weihnachtskerzlein an. Das ist so leicht. Wer kennt nicht ein armes Kind, eine verhärmte Mutter, einen sorgenvollen Familienvater, einen hilfsbedürftigen Kranken, ein gebeugtes Alterchen? Nur einem von ihnen bringe er am Weihnachtsabend Licht und Trost, Liebe und Freude, Hilfe und Beistand, und dann erst wird er selber wissen, was Weihnachtsgeist und Weihnachtsfrieden ist.

Hofheimer Zeitung vom 11. Dezember 1929, Originalüberschrift

Weihnachtsrezepte aus Urgrossmutters Kochbuch

Mitgeteilt von Martha Kaethner

Weisse Lebkuchen

Acht Eier rührt man mit ½ Kilo (1 Pfund) weißem Zucker, bis dieser ganz vergangen ist und große Blasen aufsteigen. Dann thut man ¼ Kilo (½ Pfund) Mandeln, die zuvor in Streifen geschnitten und gelbbraun geröstet sein müssen und Gewürz, also 60 Gramm (4 Loth) Citronat, Citronenschale, 1 Messerspitze gute Nelken, 30 Gramm (2 Loth) Zimt, Muskatnuß, Cardamomen und Anis nach Belieben dazu und rührt zuletzt ½ Kilo (1 Pfund) Mehl hinein. Dann schneidet man weiße Obladen in länglich viereckige Stücke so groß man sie haben will, schmiert die Masse halbfingerdick darauf und backt sie sogleich in einem ziemlich heißen Ofen. Sollte etwa der Teig fließen, so thue man noch etwas Stärkemehl dazu. Man kann auch die Eiweiß zu Schnee schlagen.

Leckerle (feiner Leb- oder Honigkuchen)

In einer Messingpfanne stellt man 1 Liter (2 Schoppen) Honig aufs Feuer, zieht die Pfanne beiseite, sobald er steigt, rührt ½ Kilo (1 Pfd.) feinen Zucker hinein, läßt es zusammen 5 Minuten kochen, gießt die Masse in eine Schüssel, bringt ¼ Liter (½ Schoppen) Kirschwasser, die gewiegte Schale von 2 Citronen, 3/8 Kilo (¾ Pfd.) auf einem Blech nur ganz hellgelb geröstet, dann grobgestoßene Mandeln, 60 Gramm (4 Loth) feinen gestoßenen Zimmt, eine Messerspitze Nelken, ebensoviel Muskatnuß, 120 Gramm (8 Loth) klein würflich geschnittenen Citronat, ebensoviel Pommeranzenschale und 2 Gramm (½ Quint) Cardamomen und 1 Kilo (2 Pfd.) Weißmehl nacheinander, ehe der Teig erkaltet, darunter, stellt denselben lauwarm, bis er in einzelnen Teilen ausgewelgert und in Stückchen geschnitten, diese nach Belieben auf mit Mehl bestäubte Holzform gedrückt, abgenommen und gleichgeschnitten sind. Die Leckerle setzt man zollbreit von einander auf ein mit Butter abgeriebenes Blech und backt sie bei mäßiger Hitze.

Usinger Land, Heimatbeilage zum „Usinger Anzeiger", Weihnachtsausgabe 1984

Was mache mer dann morje?

Morje is widder mol en Dag, wo mer sein Spaziergang mache möchte odder aach e größer Wanderung, wo mer awwer aach in de Stadt erumlaafe, Schaufenster betrachte un Christkinnercher kaafe möchte unwaswaasichnit noch alles. Dann morje is jo bekanntlich schon de Silwerne Sonndag. Es gilt also morje eizukaafe un dodezu findt mer grad in unserm Inseratedeil soviel Aareechung, daß mer so leicht nit in Verleechenheit kimmt, was mer unner de Christbaum lege soll.

Habter die große leuchtende Christbäüm schon geseh? Des geheert aach alles dazu, wenn mer morje en Bummel dorch die Stadt mache. Wer nadierlich Zeit hot, außer dem Spaziergang innerhalb von de Stadt en größern Ausflug zu mache, dem schlag ich vor, morje von Hoechst iwwer die Sodener Schossee noch Bad Sode zu spaziern un von dort dorchde Eichwald eniwwer noch Schwalbach un Niederhöchstadt. Korz vor Bad Sode die Baumfällereie ärjern jo jeden Nadur- un Wanderfreund, awwer die mächtige Bäm solle jo krank gewese sei un wern dorch neue Bäumcher ersetzt. Wenn mer dann eniwwer geh in östlicher Richtung an de neue katholisch Kerch vorbei in de Eichwald, sehn mer aach widder ebbes sehr Erfreuliches, nämlich die viele Meise un Dompfaffe in dem Wäldche, denen mer stundelang mitzugugge könnt. Dodebei fällt mer aach ei, daß unser Freunde heut middag un morje emol die Vögel im Heechster Volksbildungsheim uff dere Ausstellung vom fuffzigjährige Heechst Kanaljezüchterverein besuche könne. Von Sode aus sin mer bei gemütlichem Schlendern un mit Umgugg- und Rastpause in eme Stündche in Schwalbach, schläuche dort en Schoppe Äbbelwoi odder am Pinguin-Brunne emol Wasser un dappe dann eniwwer nooch Niederhöchstadt. In de Umgeechend von Schwalbach un Niederhöchstadt un in dene Orte selbst wird Ihr dann eweso erstaunt sei wie ich iwwer die viele scheene Neubaute, diewo dort inzwischen widder außem Bodde gewachse sin. Von Niederhöchstadt könne mer mittem Omnibus bis nach Hoechst fahrn. Odder mit de Bahn bis nooch Rödelern. Mer könne awwer aach, wenn mer Zeit hawwe un unser Gröschelcher sparn wolle oder müsse, wie ich, noch eriwwer iwwer Eschborn un Sosselern haamlaafe. Gesund isses uff alle Fäll. Und deswege rät Euch des aach de HEINER.

Höchster Kreisblatt vom 12. Dezember 1959

Das geht die Ehemänner an!

Eine umgangreiche Marktuntersuchung hat ergeben, daß viele Frauen noch eine aus der Vorwährungs- oder Vorkriegszeit stammende Armbanduhr tragen. Für aufmerksame Ehemänner müßte die Devise zum Fest deshalb lauten: Schenkt der Gattin eine moderne Junghans-Uhr aus dem Fachgeschäft!

Anzeige aus dem Höchster Kreisblatt vom 12. Dezember 1959

HOFHEIM

Die Bravsten …

Im evangelischen Kindergarten in Hofheim zeigt die Adventsuhr die Tage an, die von der Vorweihnachtszeit vergangen sind. Mit den Kleinsten hat Tante Elli die Uhr gebastelt, die die Adventssonntage, den Nikolaustag und alle anderen Tage anzeigt. Täglich darf der Bravste von der Bonbonkette ein Bonbon abschneiden. Und eifrig zählen die Kinder die Tage, bis der Weihnachtsmann kommt.

Höchster Kreisblatt vom 10. Dezember 1954

DIE ARNOLDSHAINER WEIHNACHT

Eine Weihnachtserzählung aus schwerer Zeit

VON MARTIN HOFFMANN

Am Vortag des Heiligen Abend im Jahr 1671 saß der evangelische Pfarrer zu Arnoldshain, Johann Wenck, im Zimmer des Pfarrhauses, der Amts- und Studierstube, und bereitete seine Weihnachtspredigt vor. Er wurde durch ein Klopfen an der Tür aus seinen Gedanken, die er zu Papier zu bringen versuchte, gerissen. Auf sein nicht gerade erfreulich klingendes „Herein“ trat ein alter Mann in der Kleidung, wie sie die Hirten trugen, in die dämmrige Stube. Es war Johann Jacob Weißgerber, der Hirte aus der Krötenbach. Er wirkte älter, als er war. Die vielen

harten Jahre des Krieges und der Entbehrung hatten ihn, den Fünfzigjährigen, vorzeitig alt gemacht. Mehr als die Hälfte seines Lebens waren Kriegs- und Hungerjahre. Geboren in der Pfalz, kam er als Bub mit seinen Eltern und Geschwistern in den Taunus. Der Krieg hatte sie vertrieben, und Vater Christoph Weißgerber hatte eine Anstellung als Viehhirte in Arnoldshain gefunden. Seitdem lebte die Familie im Hirtenhaus. War das Leben eines Hirten in normalen Zeiten schon arm, so war es in Kriegszeiten geradezu erbärmlich.

„Guten Abend, Herr Pfarrer" – und dabei drehte der späte Gast verlegen den Hut in seinen Händen.

„Guten Abend, Johann. Welch ein seltener Besuch. Trete näher. Wollt Ihr mir heute schon einen Weihnachtsgruß sagen?" „Herr Pfarrer entschuldigen, dass ich jetzt noch störe. Aber es hat mir keine Ruh' gelassen. Und ich muss gleich sagen: Es wird etwas länger dauern. Herr Pfarrer machen sicher die Weihnachtspredigt. Und vielleicht, so dacht' ich, passt es dazu, was ich Euch zu erzählen habe. Und Ihr könnt's dann den Leuten weitererzählen."

„Ja, ich sitze über der Predigt. Aber Ihr habt mich neugierig gemacht. Kommt, setzt Euch hierher. Im Sitzen erzählt's sich besser." Dabei rückte der Pfarrer einen Hocker an den Tisch, auf dem der Hirte Platz nahm.

„Herr Pfarrer, ich bin ja kein studierter Mann. Ich war mein Leben lang nichts anderes als ein armer dummer Hirt'. Und in die Kirche komme ich nicht oft. Geradeso wie die Hirten von Bethlehem. Die waren auch arm, und sehr fromm waren sie auch nicht. Aber Gott muss sie doch lieb gehabt haben."

„Wie kommt Ihr darauf?", unterbrach der Pfarrer. Als hätte er die Frage nicht gehört, redete Weißgerber weiter. „Sagt, ist da zwischen Bethlehem und Arnoldshain ein großer Unterschied?" Der Pfarrer schüttelte unverständig den Kopf: „Das glaub' ich wohl. In Bethlehem ist der Heiland geboren. Was meint Ihr damit?"

„Ja, sehr, das ist ja gerade meine Geschichte, Herr Pfarrer. Ich glaub', dass der Heiland überall wieder zur Welt kommen kann. Da, wo Menschen ihn aufnehmen. Und ich glaub', dass Gott die armen und kleinen Leut' besonders lieb hat. Vielleicht gerade deshalb, weil sie sonst so wenig Achtung und Liebe haben." Das verstand der Pfarrer schon besser: „Da habt Ihr recht. Aber Ihr seid doch nicht zu mir gekommen, um mir das für meine Predigt zu sagen. Was habt Ihr auf dem Herzen, sprecht?!"

„Ich wollt' Euch eine Geschichte erzählen. Ich hab's mir lange überlegt, ob sie's wert sei. Ich habe Angst gehabt, zu Euch zu gehen. Aber jetzt muss es raus. Und den Leut' geht's langsam wieder besser nach dem großen Krieg. Manchmal mein' ich, sie hätten's wieder vergessen. Die Not und wie arm sie waren. Und was wir uns alle gewünscht hatten: Frieden auf Erden. Und nun ist Friede. Und es geht uns besser. Aber Not ist noch viel auf der Welt. Und in den Herzen ist noch viel Hass und Streit!"

„Da habt Ihr recht! Wir vergessen alle zu schnell." Wieder nickte Pfarrer Wenck zustimmend.

„Damit die Leut' nicht ihre Not vergessen, ihre eigene und die anderer nicht, deshalb bin ich zu Euch gekommen. Es war der schreckliche Winter 35/36. Ich war damals 14 Jahre und wohnte draußen im Hirtenhaus mit meinem Vater und den Geschwistern. Meine Mutter war im Jahr zuvor gestorben, an der Auszehrung. Es gab keinen Lohn für den Kuhhirten. Es gab nur noch wenige Kühe im Dorf. Wir hatten nichts zu beißen. Die Soldaten hatten uns alles weggenommen, das Vieh geschlachtet, die Häuser geplündert. Wir kauten die Rinde von den Bäumen und kochten Wurzeln. Von denen, die am Dorf vorbeizogen, aus Frankfurt und den anderen großen Städten, hörte man schreckliche Dinge. Dass die Menschen vor Hunger wie die wilden Tiere wurden und Dinge taten, die man nicht erzählen kann.

Am 24. Dezember, dem Heiligen Abend, schneite es unaufhörlich. Ein eisiger Wind jagte den Schnee zu Haufen und Wehen. Wir saßen trübsinnig in der Stube. Anna, meine Schwester, fragte, wann Weihnachten sei. ‚Heute', sagte mein Vater. Wir hatten nichts. Nicht einmal eine Bibel, aus der der Vater die Weihnachtsgeschichte hätte lesen können. Denn im Hau eines Kuhhirten gab es kein Buch.

Aber Geschichten konnte der Vater erzählen. Und an diesem Abend erzählte er die Weihnachtsgeschichte. Er konnte sie auswendig. Als er an der Stelle angekommen war ‚und Friede auf Erden', faltete er die Hände und wiederholte: ‚Friede auf Erden'.

Sonst waren wir am Heiligen Abend zur Kirche gegangen, den Weg am Bach hinunter und dann im Dorf zur alten Kirche. Es war schön und feierlich gewesen unter all den vielen Leuten und die Weihnachtsgeschichte zu hören und die Lieder zu singen. Aber seitdem die Mutter tot war, ging der Vater nicht mehr mit uns zur Kirche. Er war nicht gottlos. Aber er ging eben nicht mehr.

Er betete öfter mit uns. Er hatte uns das Vaterunser beigebracht. Manchmal erzählte er uns eine Geschichte aus der Bibel. Auch an jenem Weihnachtsabend beteten wir zusammen das Vaterunser, und dann gingen wir schlafen.

Ich lag noch wach, als es an er Tür klopfte. Zuerst ganz schwach, dann stärker. Ich dachte zuerst, es sei der Wind, der irgendetwas bewegte und gegen das Haus schlagen ließ. Aber dann bekam ich Angst, das Herz klopfte mir bis zum Hals. Waren es Soldaten oder Räuber? Oder war es ein wildes Tier, vielleicht ein Wolf? Wisst Ihr, wenige Jahre zuvor hatte ein Wolf dem Armen sein Kind gerissen und getötet.

Ich weckte den Vater. Wir beide warteten auf das Klopfen. Es kam wieder, heftiger. Es wurde an der Tür gerüttelt. Mein Vater zog sich das

Kleid über und die Jacke, nahm die Laterne und öffnete langsam die Tür.

Draußen standen zwei Gestalten voller Schnee. Ein Mann und eine Frau, das sah ich, als der Vater sie mit der Laterne anleuchtete. Die Frau hatte ein Bündel im Arm.

‚Was wollt Ihr und wer seid Ihr?', fragte der Vater.

‚Wir sind unterwegs, geflohen vor den Schweden. Wir suchen eine Unterkunft für die Nacht. Wir haben ein Kind, vor sieben Jahren geboren. Um Gottes willen, lasst uns ein!‘

Und mein Vater ließ sie rein. Den Mann und die Frau mit dem Bündel. Ohne weitere Fragen zu stellen. Er kannte weder ihren Namen noch ihre Herkunft. Und er holte das Wenige, das wir zu Hause hatten, ich meine zu essen. Meine Geschwister waren natürlich längst wach geworden und starrten mit verschlafenen Augen die Fremden an. Wir sahen, wie der Vater die Fremden bewirtete und das Kind anlachte.

Wisst Ihr, Herr Pfarrer, das kann ich nie vergessen. Nie in meinem Leben werde ich vergessen, wie der Kuhhirt‘ Christoph Weißgerber, mein Vater, in der Heiligen Nacht die Leut‘ mit dem Kind bewirtet hat. Versteht Ihr das, Herr Pfarrer?“

Der Pfarrer nickte: „Wer waren denn nun diese Leute?“

„Meine kleine Schwester Anna fragte: ‚Wer sind denn die Leut‘, Vater? – gerade so wie Ihr, Herr Pfarrer, fragte sie. Da flüsterte mein Bruder: ‚Das sind doch Maria und Josef mit dem Jesuskind‘, und Anna klatschte in die Hände und rief ungeniert in die Stille: ‚Dann ist ja bei uns wirklich Weihnacht geworden. Und wir sind der Stall von Bethlehem.‘

‚Psst, nicht so laut, sonst erschrickt ja das Kind‘, sagte der Vater. Ja, da waren wir armen Leut‘ auf einmal so reich, dass wir noch anderen abgeben konnten.

Aber damit ist die Geschichte noch nicht zu Ende. Denn mein Vater wollte natürlich wissen von den Leuten, die da als Maria und Josef in unser Haus geschneit waren, woher sie kämen. Sie erzählten von ihrer Flucht aus dem Königstein’schen. Weil sie wohlhabende Katholiken waren, wurden sie von den Schweden, die auf der Seite der Evangelischen kämpften, aus Haus und Hof verjagt, mitten im kalten Winter, bei Schnee und Eis.

Das kam nun unseren Vater allerdings hart an, was der Mann da erzählte. Wisst Ihr, seitdem er von den Katholischen aus seiner Heimat vertrieben wurde, war er Katholikenhasser. Bis zum Abend des 24. Dezember 1635, an dem ihm aufging, dass das Jesuskind weder katholisch noch evangelisch war, sondern ein Menschenkind und Gotteskind. Und dass der Krieg in der Welt nicht durch die Mächtigen oder irgendeine Seite beendet würde, sondern durch Menschen, die anderen die Tür auftun. Dass auch ein Hirte, so arm wie er, noch immer von Gott geliebt wird, dass er den Heiland aufnehmen darf.

Das alles hat mein Vater in diesen Augenblicken verstanden. Er war wohl einfach und ungebildet. Aber er konnte ganz tief nachdenken. Und in seinem Herzen war er nicht ungebildet. Er machte sich danach auf den Weg in das Dorf, um für das Kind Milch zu holen. Die unsere war ausgegangen. Ja, so arm waren wir, dass ein Kuhhirte nicht mal mehr Milch hatte. Er kämpfte sich den Weg durch den Schnee und den Wind. Wir Kinder sollten derweil auf das Kind und seine Eltern aufpassen und das Feuer versorgen.

Im Dorf kamen die Leute gerade von der Kirche. Mein Vater erzählte die Geschichte, die dann einer dem anderen weitergab. Viele kamen am Weihnachtstag und brachten dem Kind und den Eltern von dem Wenigen, was sie hatten. Mein Vater hatte ihnen nicht gesagt, dass es ein katholisches Kind sei. Denn er kannte ja die Menschen, er kannte ja sein eigenes Herz. Er wusste, wie in dieser Zeit das Vorurteil die Menschen entstellte und die Herzen zuschloss. Er wusste, wie viel entstellt war in jenen Jahren durch den Hass, und er wusste jetzt, dass auf beiden Seiten die Schuld groß war.

So kam es, dass viele Arnoldshainer meinten, es müsse jetzt nach dieser Weihnacht der Stern des Friedens über dem Land aufgehen. Aber Ihr wisst ja selbst, wie lange es dauerte, bis der Frieden wurde."

Hier beendete Johann Jacob Weißgerber seine Erzählung. Eine solche lange Rede hatte er noch nie in seinem Leben gehalten. Die Augen, die alt und müde geworden waren von den vielen schrecklichen Bildern, die sie gesehen hatten, waren beim Erzählen hell und wach geworden. Der Pfarrer, der ihn nicht unterbrochen hatte, tat einen Seufzer und nahm die Hand des Hirten. Mit einer Stimme, der man die innere Erregung anmerkte, sprach er: „Ich danke Euch, Johann Jacob Weißgerber, für diese Weihnachtspredigt. Eine Arnoldshainer Weihnacht anno 1635

– so soll in diesem Jahr meine Predigt überschrieben sein. Und ich weiß auch schon den Predigttext: Die Hirten aber, da sie es gesehen hatten, breiteten das Wort aus, welches zu ihnen von diesem Kinde gesagt war. Und alle, vor die es kam, wunderten sich der Rede, die ihnen die Hirten gesagt hatten."

Aus: Eugen Ernst, „Winterleid - Winterfreud' - Weihnachtszeit!"
Erzählungen aus Neu-Anspach und dem Hochtaunus, Usingen 2015

Oberursel

Heiligabend mit einer schönen Bescherung

von Klaus Fink

Der 24. Dezember im letzten Jahr vor dem Krieg war ein aufregender Tag. Zunächst waren Vater und Mutter sehr aufgeregt, weil noch alles für den Abend vorbereitet werden musste. Zum Glück hatte der Vater schon einige Tage vorher Urlaub. So konnte die Eisenbahn im großen Zimmer aufgebaut werden. Es war eine wunderbare große Lok mit elektrischem Antrieb und vielen Anhängern. Die Schienen liefen unter dem Schrank entlang und kamen in großen Bögen durch das ganze

Zimmer. Die Anlage hatte nur den Nachteil, dass sie gebraucht gekauft worden war und daher nicht immer reibungslos funktionierte. Da mein Vater auch nur wenig Verständnis für die Elektrotechnik hatte, war er am Weihnachtsmorgen, immer noch auf dem Bauch liegend, mit der Montage beschäftigt, und sollte doch längst den Baum schmücken.

Also blieb meiner Mutter nichts anderes übrig, als die Sache selbst in die Hand zu nehmen. Bei der Vielzahl der Schienen, die durch das Zimmer verliefen, blieb es nicht aus, dass sie einmal auf eine Schiene trat und dabei noch obendrein die Lok umwarf. Und das musste es endgültig gewesen sein. Nichts ging mehr. Und dazwischen wir Kinder. Dabei hatte mein Bruder längst Reißaus genommen. Aber ich war noch da und störte offensichtlich. Ich bekam einige Geschenke für die Tante in die Hand gedrückt, die ich ihr bringen sollte. Ich war froh, die gespannte Atmosphäre zu verlassen, und eilte davon. Bei meiner Tante auf dem Bauernhof war ich auch viel besser aufgehoben und konnte sehen, wie alle Tiere ihr Festfutter bekamen, größere Zuteilungen als sonst üblich.

Als ich am Spätnachmittag wieder zurückkam, wurde ich mit einem „Mein Gott, du stinkst ja schon wieder nach Kuhstall" empfangen. Meine Antwort: „Das Jesuskind wurde auch in einem Stall geboren!" Damit war die Sache erledigt.

Das große Zimmer war jetzt verschlossen. Durch das Schlüsselloch konnte man nichts sehen. Der Schlüssel steckte von innen. Mein Bruder fiedelte unüberhörbar auf seiner Geige und die Mutter übte auf dem Klavier. Vater saß in der Küche und war immer noch mit der Lok beschäftigt.

Als die Proben auf dem Klavier zu Ende waren, kam von der Mutter das Signal, dass jetzt gegessen werden konnte. Im kleineren Zimmer war der Tisch mit dem besten Geschirr, dem mit dem Goldrand, gedeckt, und Kerzen erleuchteten den Raum.

Wie immer gab es Kartoffelsalat mit heißer Fleischwurst und Wasserwecken. Dieses Ritual wiederholte sich alljährlich. Die vorangegangenen Aufregungen hatten sich wieder gelegt. Allerdings entwickelten wir Kinder nicht den richtigen Appetit und ließen uns nicht länger hinhalten. In Gedanken waren wir schon bei den Geschenken, die wir zu erwarten hofften.

Zunächst aber mussten noch die weihnachtlichen Lieder gespielt und gesungen werden. Lustlos kratzte mein Bruder auf der Geige, und einige Male verhaspelte sich die Mutter auf dem Klavier. Die weihnachtlichen Melodien waren jedoch zu erkennen. Ich bemühte mich in Maßen mit einer Darbietung dessen, was wir schon einige Wochen zuvor in den Singstunden der Schule geübt hatten. Am Tannenbaum brannten die Lichter, und unter dem Baum lagen einige Sachen, die für uns bestimmt waren. Selbstgestrickte Socken, Handschuhe, Schal, für mich eine Kindereisenbahn zum Aufziehen, von der Tante eine Trachtenjacke mit Tiroler Knöpfen und – nicht zu übersehen – ein wunderbares neues Kinderfahrrad der Marke „Elite". Meine Begeisterung kannte keine Grenzen. Was macht man aber mit einem Fahrrad, wenn man noch nicht Rad fahren kann?

„Kein Problem", meinte der Bruder, „ich bringe dir das schon bei! Aber wir müssen es zunächst ausprobieren." So war jeder damit einverstanden, dass das Fahrrad nach unten gebracht wurde. Sattel und Lenker wurden auf die Größe meines Bruders eingestellt, das Tor zur Straße aufgeschlossen, und mit einem rasanten Schwung durch dasselbe fuhr mein Bruder auf die Vorstadt. Kurz darauf war ein lautes Scheppern zu vernehmen.

Die nähere Inspektion ergab, dass mein Bruder auf dem wunderbaren Fahrrad lag. Die Hose zerrissen, mit blutenden Knien und bedrücktem Gesicht erhob er sich langsam und zeigte mir das verbeulte Gefährt, dessen Vorderrad sich jetzt nicht mehr drehen ließ, weil es ganz verbogen war. Laut heulend betrachtete ich das Unglück.

In der weihnachtlichen Aufregung hatten wir beide ganz versäumt, nach draußen zu schauen, denn in der Zwischenzeit hatte es Frost gegeben und die Straße war nun spiegelglatt. Als wir mit dem verbogenen Fahrrad in die Wohnung kamen, mein Bruder zerknirscht, ich verheult, schlug meine Mutter die Hände über dem Kopf zusammen und rief aus: „Eine schöne Bescherung ist das!“

Aus: Sonderdruck aus „Mitteilungen“ des Vereins für Geschichte und Heimatkunde Oberursel (Taunus) e.V., Heft 43, 2003, im Eigenverlag von Klaus Fink, Oberursel, 2003

Vor hundert Jahren

Bereits in den Jahren 1883 und 84 veranstalteten Herr Pfarrer Weil von Wehrheim und die daselbst durch ihre Wohlthätigkeit bekannte Familie Gregory eine Christbescherung für die armen Kinder Wehrheims. Die Bescherung am 27. Dezember 1885 aber übertraf bei weitem die vorhergehenden an Größe der Gaben und Schönheit des ganzen Vorganges. Herr Bürgermeister Mank lieh bereitwillig den großen Rathaussaal und unterstützte auch sonst das schöne Werk in jeder Beziehung. Um den herrlich geschmückten Christbaum lagerten die herrlichen Geschenke. Kinder von 5 bis 14 Jahren trugen in Beifall gewinnender Weise sehr nette Gedichtchen vor. Am meisten aber wurden die Anwesenden durch 3 Weihnachtslieder erfreut, die von etwa 20 protestantischen und katholischen Kindern so rein, so taktvoll und so schön gesungen wurden, daß alle Zuhörer im höchsten Grade überrascht waren. Die musikalischen und poetischen Vorträge, sowie die ganze Anordnung zeugten von dem feinen Takt und dem seltenen Musiktalent des Herrn Pfarrers Weil, der alles leitete. Auf diese Weise sind nicht blos die armen Kinder beschenkt und erfreut worden, sondern der ganze Vorgang gestaltete sich zu einer dem heiligen Weihnachtsfeste so recht entsprechenden Feier, die Reichen wie Armen ohne Unterschied der Confession reine und edle Genüsse bot. Darum öffentlicher Dank den edlen Bemühungen der Familie Gregory sowie allen einheimischen und auswärtigen Wohltätern, die durch ihre Gaben zu dem schönen Werke beitrugen.

Usinger Anzeiger vom 27. Dezember 1985

KÖNIGSTEIN

SCHNEESCHUHSPORT AN WEIHNACHTEN

Lokalnachrichten

Königstein, den 27. Dezember 1926

Weihnachts-Riesenverkehr im Taunus. Klare, kalte und windstille Festtage mit reichlichem Schnee in den Höhenlagen lockten an den beiden Weihnachtsfeiertagen aus der Ebene ungezählte Tausende in die verschneiten Bergwälder des Taunus. Die Züge nach den Ausgangspunkten für Wanderungen waren alle überaus stark besetzt. Die Königsteiner Bahn beförderte allein am 2. Feiertag ca. 6.000 Personen. Der im Einvernehmen mit der Reichsbahn gefahrene Sonderzug Wiesbaden – Königstein wurde gestern von ca. 500 Personen genutzt. Der Verkehr, der an das Personal nicht geringe Anforderungen stellte, wurde glatt bewältigt und wickelte sich ohne Schwierigkeiten ab. Dass der Schneeschuhsport* heute Volkssache ist, bewies der ungeheure Zustrom von Schneeschuhläufern in den Hochtaunus; ihre Zahl wurde an beiden Tagen auf mindestens 5.000 geschätzt. Nennenswerte Unfälle wurden nicht gemeldet. Der Rodelsport, wenn auch noch in großem Ausmaß gepflegt, tritt aber gegenüber dem Schneeschuhsport langsam in den Hintergrund. Sämtliche Rodelbahnen fanden überaus starke Benutzung, da die Schneeverhältnisse überaus günstig sind. Zwischen den Heeren von Sportlern drängten sich weitere Tausende von Wanderern, die die stillen Bergwälder bis weit an die Lahn und das Usinger Land durchstreiften. Der Feldberg hatte an beiden Tagen einen seit Jahren nicht mehr beobachteten Massenansturm auszuhalten.

**damaliger Begriff für Skilaufen*

Taunus-Zeitung vom 27. Dezember 1926

HOFHEIM

Festkonzert

Das hiesige Salonorchester veranstaltet am 1. Weihnachtsfeiertag ein Festkonzert im Saale „Zum Frankfurter Hof". Der Eintrittspreis von 50 Pfg. ist so niedrig gehalten, daß jedermann einige schöne Weihestunden in Aussicht stehen.

Notiz aus der Hofheimer Zeitung vom 14. Dezember 1929

Verinnerlichte Weihnachtsmusik

Der folgende Text ist eine Mischung aus Musikkritik und stirnrunzelnder Zeitbetrachtung. Interessant, dass das Unbehagen an der Verweltlichung des christlichen Festes schon 1956 so groß zu sein schien.

Die weihnachtliche Abendmusik der Gesellschaft der Musikfreunde – Sonntag in Sodens evangelischer Kirche – ist zu einem guten Brauch geworden. Vor allem diesjahr, in einer Zeit der inneren wie äußeren Bedrängnis und der mehr und mehr um sich greifenden Unsitte einer oberflächlichen Betäubung des besseren Ich, einer Verballhornung der schönsten, innerlichsten Zeit des Jahres, erfüllte diese musikalische Andacht einen besonderen Zweck: Ueber alle Aeußerlichkeiten hinzuweisen auf das Mysterium des Christfestes, vorzubereiten, die Gedanken frei zu machen, Andacht zu wecken, zur Besinnung auf uns selbst zu rufen.

Nach der einleitenden Partita für Orgel sopra, „Jesu, meine Freude" – Dr. Wilhelm Mohr meisterte die Königin der Instrumente ebenso feinfühlig wie warmherzig – folgten drei alte Weihnachtslieder von J. S. Bach und Praetorius. Die Singgemeinschaft der GdM wußte mit klarem, wachem Ausdruck dem innigen Stimmungsgehalt gerecht zu werden. Etwas Neues für viele ständige Besucher dieser Weihnachtsmusiken war die Einbeziehung der Moderne in das Programm mit Karl Marx' Partita für Streichorchester über „Es ist ein Ros entsprungen".

1956, Bad Sodener Zeitung

Was ist Vorfreude?

Weihnachten naht, das Fest der Liebe. Wir empfinden schon die Freuden, die uns bevorstehen. Vorfreude! Ist sie nicht im Wesen der bessere Teil der Freude? Die Freude ist ein hastiges Gefühl. Eh wir sie bis zum Grunde ausgekostet, ist sie verflogen. Was immer nun dieser Rausch bringt, verliert schon nach Stunden, immer aber schon nach Tagen seine belebende Kraft. Das Alltägliche, und mag es mit allem Segen ausgefüllt sein, nehmen wir Menschen nun einmal mit jener raschen Gewöhnung hin, die bezeichnend für unsere Art ist: denn sie ist Undankbarkeit. Es wird fast zur Unmöglichkeit, Menschen dauernd in Freude zu halten. Mit der Freude also ist es für die Dauer nichts.

Und so hat sich die Seele des Menschen einen guten Ausweg geschaffen. Wie in unseren Organen und Sinnen jede einzelne Fiber und jede besondere Begabung aus Zweckmäßigkeit entwicklungsgemäß ange-

züchtet wurde, so muß es wohl auch mit dem Leben unserer Seele sein. Weil wir der Freude nicht entraten können, sie aber dennoch nicht als dauernden Besitz erobern, schufen wir uns die Vorfreude.

Die Vorfreude kann monatelang dauern; sie kann, da nichts ans Gegenständliche gebunden ist, sondern unserer Phantasie die Freiheit des Fluges gönnt, die wundersamsten Entzücken hervorzaubern, kann die buntesten Farben und lieblichsten Töne einfangen. Vorfreude spannt unsere Seele auf das höchste an, läßt uns den Rausch des Jubels. Sie ist dauerhaft, üppig-schön und goldig. Die Freude ist ein idealer und daher im Grund kaum ganz rein zu erhaltender Zustand. Vorfreude aber ist Wirklichkeit. Wir leben nicht von Freude zu Freude. Unsere Versöhnung mit dem Leben ist die Vorfreude.

Taunus-Zeitung vom 19.12.1925

Hin und wieder der Schritt der Wache

Am 11. Dezember 1939 ist der Zweite Weltkrieg erst zwei Monate und elf Tage alt. Und dennoch hat sich der Blick auf die Welt schon stark verändert. Das zeigt sich auch im Kleinen: Der Taunus-Anzeiger veröffentlicht „sparsame Rezepte", etwa für Printen aus Sirup und mahnt dazu: „In diesem Jahre kommt es ganz besonders darauf an, mit geringen Zutaten und sparsamen Mitteln allerlei leckere Dinge für den Weihnachtsbaum und den bunten Teller zu zaubern." Ein paar Seiten später folgt unter dem nüchternen Rubrum „Nachrichten aus Oberursel" die Betrachtung eines Soldaten. Und obwohl er es nicht äußert, ist sein Text voll unausgesprochenem Heimweh.

Eifriger denn je gehen nun die Zeitungen von Hand zu Hand. Mehr noch als sonst gehen in diesen Tagen die Gedanken zur Heimat. Es wird langsam weihnachtlich. Die Geschäfte haben sich herausgeputzt. Wir lesen, was sie uns alle zu bieten haben. Mit festlichem Glanz wird es allerdings in diesem Jahre nichts sein. Der Krieg verlangt sein Recht und der Luftschutz seine Verdunkelung. Da wird es auch heuer nichts sein mit den schönen Weihnachtsbäumen auf unseren Straßen. Wir dachten in diesem Jahr noch mehr zu tun als im vergangenen. Dem großen Lichterkranz im Rathausbogen sollten noch andere folgen. Droben in der Altstadt und in der Vorstadt, auch am Bahnhof. Das wäre ein festliches Leuchten geworden. Heben wir uns das auf für das nächste Jahr.

Die ernste Zeit wird dem Weihnachtsfest manches wieder geben, was ihm in den letzten Jahren verloren ging. Es wird wieder stiller werden, in sich gekehrter. Man wird in diesem Jahr wieder innerlicher um den Christbaum geschart sitzen. Aber es werden mehr Bäume strahlen als sonst. Ueberall, wo Soldaten sind, werden Weihnachtskerzen strahlen zu den vielen, vielen anderen in allen deutschen Häusern der Heimat und der Fremde. Vom Rhein über die Saar bis zur Mosel und hinauf zur Küste des deutschen Meeres wird eine große Lichterkette strahlen, auf einsamen Vorpfosten, auf Schiffen und Wachen im Land. Und überall, wo ein Weihnachtsbaum stehen wird, wird Heimat sein.

Trotz Krieg, die Tage sind voller Weihnachtsstimmung. Es weihnachtet in allen Ecken. Auch bei uns. Vorbereitungen zur Weihnachtsfeier sind im Gange. So viel Zeit läßt der Dienst übrig. Wir wären keine deutschen Soldaten, wenn wir nicht daran denken wollten. Abends sitzen wir zusammen und erzählen. Im Ofen knistert das Holz. Draußen hört man hin und wieder den Schritt der Wache. Um unsere Lampe kräuselt blauer Rauch. Manchmal wird es still nach dem Erzählen. Dann sagt einer so nebenhin: In zwei Wochen ist Weihnachten. Wir haben es alle gedacht. Der Wind pfeift um unsere Hütte. Leise schaukelt an der Decke der grüne Adventskranz mit roten Bändern und roten Kerzen. Auch bei uns weihnachtet es.

Taunus-Anzeiger vom 11. Dezember 1939

HOFHEIM

Turnverein 1860

Zum ersten Mal seit Bestehen des Vereins soll in diesem Jahre eine offizielle Weihnachtsfeier mit Bescherung für unsere kleinsten Turnerinnen und Turner am Sonntag, des 22. d. Mts., nachmittags 4 Uhr in unserer Turnhalle stattfinden. Zu dieser Feier sollen auch die Eltern und Geschwister der Schülerinnen und Schüler eingeladen werden und ist nur zu wünschen, daß dieselben auch recht zahlreich dieser Einladung Folge leisten. Als besondere Nummer des Programms sei das kleine Märchenspiel „Goldhärchen und Schwarzhärchen" erwähnt, zu dessen gutem Gelingen unsere kleinen Künstler sich größte Mühe geben. Das ganze Programm verbürgt eine schlichte und doch recht nette Weihnachtsfeier, zu der sich die Eltern unserer Kleinen, schon um die Freude bei dem kleinen Volk nicht zu schmälern, ohne Ausnahme hinbemühen sollten. – Am 2. Weihnachtsfeiertag findet wie alljährlich unser Turner-Ball statt. Die Mitglieder, sowie Freunde und Gönner des Vereins dürften einiger schöner und stimmungsvoller Stunden gewiß sein und den Verein durch ihren Besuch unterstützen.

Hofheimer Zeitung vom 18.12.1929

Von der Orscheler Geistergans

Ein „Verzählsche" aus dem alten Städtchen Oberursel

Die Geschichte ist schon eine Reihe von Jahrzehnten her. Man kann sie weitererzählen, denn dem Max, der Hauptperson, tut heute nichts mehr weh. Es war in der Vorweihnachtszeit, in der die Martinsgänse gemästet werden und als sich noch – anders als heute – sehr oft ein Freundeskreis zusammenfand, um in einem renommierten Lokal einem „Gänsi" oder einem Spanferkel den Garaus zu machen.

Der Max, den schon der Geruch einer gut gebratenen Gans in ekstatische Verzückung versetzen konnte, polterte eines Abends in die Gaststube des „Bahnhofhotels", der späteren Gaststätte „Kaisergarten" (später hatte hier ein evangelischer Kindergarten sein Domizil) und erlebte gerade noch, wie die Freunde eines Stammtisches die letzte Portion einer schönen Bratgans verdrückten.

Zehn Minuten zu spät für Max! Der edle Duft aber reizte ihn zu einem Schwure: „Baßt uff. Wenn unsern Philipp hier de Woi dezu stifft, geb ich mei schönst, fettest Gänsi für e gemeinsam Bratesse nächste Woch." Die Freunde hörten es mit Entzücken, gedachten aber gleichzeitig ihren Max einmal gründlich wegen seiner Ganssüchtigkeit hereinzulegen.

Man legte den Termin für das Festfressen fest. Samstag, 18 Uhr vor dem 2. Advent. Max wünschte dabei, wenn schon sein Lieblingsvogel daran glauben mußte, sollte jeder im „Schwarzen mit Zylinder" erscheinen. Gesagt, getan, eine Abordnung des Stammtisches machte sich sofort auf den Weg, um das kostbare Tier für den Wirt sicherzustellen.

Der Samstag rückte heran. Max ließ das Mittagessen sausen, um den nötigen Appetit für den Gansschlegel zu speichern. Er hielt es zu Hause nicht aus und marschierte zum Bahnhofshotel, um draußen vor dem Küchenfenster schnuppernd die Düfte zu prüfen, die herauswehten. Er konnte sich nicht losreißen. Fast ein halbes Stündchen wanderte er vor dem Küchenfenster auf und ab und sah im Geiste das freßbare Vieh im Fette bruzzeln.

Erst nach 17 Uhr riß er sich los und eilte heimwärts, um das Staatsgewand anzulegen. Punkt 18 Uhr erschien er im schönsten Wichs und marschierte voller Vorfreude ins Sälchen im ersten Stock hinauf, wo das festliche Ereignis seinen Lauf nehmen sollte. Von den Freunden hatte sich noch keiner eingefunden, doch die Tafel war bereit, schon gedeckt, mit Blumen geschmückt – und schwebte nicht auch hier schon ein leiser Bratengansduft in der Luft?

Eine Schüssel stand in der Mitte des langen Tisches. Weiß mit einem Deckel, geschlossen. Max öffnete sie – und erstarrte. Das Herz schien ihm stillzustehen. Drinnen lagen alle Knöchelchen, über die so ein gut gewachsenes Gänsevieh verfügt, fein säuberlich abgenagt. Und auf einem Zettel las der erblassende Max: „O sei mer net bös – in heißem Verlangen bin ich aus Sehnsucht nach dir vergangen. Und kann dir nur mein Knöchlein noch schenken. Gelt, Max, nimm sie mit, zum Andenken.“

Die lieben Freunde hatten zwischen 17 und 18 Uhr in Windeseile die Lieblingsgans verteilt. Von ihr blieben nur noch ein paar Knöchelchen und der Duft. Der Wirt vom Bahnhofshotel hörte einen entsetzlichen Krach. Von der schönen Schüssel fanden sich später nur noch tausend Scherben. Und die Küchenmamsell erschauerte noch nach Jahren in der Erinnerung an den furchtbaren Schrei, der aus dem Obergeschoß in die Küche drang.

Bei aller Freundschaft wagten die anderen Stammtischkollegen im Beisein von Max später nie das Thema „Geistergans“ anzuschneiden, auch wenn man sich bald nach dem Schelmenstreich mit einer kräftig-saftigen, von einem anderen Stammtischmitglied gestifteten Gans wieder versöhnt hatte.

Taunus Zeitung, Verlagsbeilage vom 28. November 1979 Nr. 277, Originalüberschrift

Freundliche Bitte

Das liebe Christfest nahet und mit ihm die Hoffnung für unsere 66 Kinder der Bewahranstalt, daß sie auch dieses Jahr wieder sich der Güte ihrer vielen Wohlthäter erfreuen dürfen! Schon 3 Jahre haben wir so schöne Beweise menschenfreundlicher Theilnahme erhalten, konnten so vielen armen Kleinen mit warmer Kleidung, Schuhen und Strümpfen helfen, daß wir auch jetzt wieder mit vollem Vertrauen an die Herzen aller Kinderfreunde appeliren und nur bitten, die Gaben gefälligst nicht so spät übersenden zu wollen! Das freudige Bewußtseyn möge aller edlen Geber schönster Lohn seyn!

Homburg, den 30. November 1845
Der Vorstand

Amts- und Intelligenzblatt für das Landgräflich Hessische Amt Homburg
Nr. 48 vom 30. November 1845, Originalüberschrift

Die unglückliche Witwe Hartmann

Beim Herannahen des Weihnachtsfestes kann ich dem Drange nicht widerstehen, die Theilnahme hochherziger Menschen für ein von tiefem Leid gebeugtes Weib aus dem Volke in Anspruch zu nehmen. Das Schicksal der Wittwe Hartmann läßt sich mit wenigen Worten schildern. Vor einigen Jahren wurde ihr Mann und Ernährer in einem Steinbruch durch einen Felsensturz getödtet. Im folgenden Jahre fand ihr 16 jähriger braver Sohn den Tod in einem Bergwerk, in dem er 50 Fuß tief von dem Gerüste herabfiel. Mir will es bedünken, daß Vater und Sohn im Dienste der menschlichen Gesellschaft gestorben sind und daß die Wittwe, welche keine Unterstützung erhält und sich mit ihrer kränklichen Tochter mühsam ernährt, Ansprüche hat auf das allgemeine Mitleid. Herr Bürgermeister Rupp zu Pfaffenwiesbach ist erbötig Geld und andere Liebesgaben für die Unglückliche in Empfang zu nehmen. Verehrte Herren und Damen und lieben Leser des Taunusboten! Das Schicksal schlägt früher oder später mit seiner eisernen Hand an jede Hausthüre. Dies sollte uns veranlassen, die Lehre zu befolgen, auf deren treuer Ausübung das Heil der Welt beruht.

Anmerkung der Redaction. Wir lassen vorstehenden Aufruf auf Wunsch des Hrn. Einsenders nochmals abdrucken und erklären uns bereit, milde Gaben in Empfang zu nehmen und, nebst den schon eingesammelten, an Hrn. Bürgermeister Rupp weiter zu befördern.

Die Meldung erschien im Taunusboten vom 7. Dezember 1862 unter der Überschrift „Für die unglückliche Wittwe Hartmann zu Pfaffenwiesbach Amts Usingen". Pfaffenwiesbach ist heute ein Ortsteil der Gemeinde Wehrheim im Hochtaunuskreis. Bereits am 18. Dezember 1862 teilte die Redaktion mit, dass für die Witwe Hartmann insgesamt 19 Gulden und 4 Kreuzer eingegangen sind. Mit diesem erfreulichen Resultat wurde die Sammlung für geschlossen erklärt.

Goldener Sonntag

Es ist nicht alles Gold, was glänzt. Die wirtschaftlichen Nöte unserer Zeit haben den Feingehalt dieses Edelmetalls – bildlich gesprochen – stark verringert. Jeder, der Geschäfte tätigt, ist heute schon mit einer Karätigkeit zufrieden, die ihm ein einträgliches Dasein und einen bescheidenen Gewinn einigermaßen sichert. Daher dürfte für die Beibehaltung des Begriffes „Goldener Sonntag" unter den gegebenen Voraussetzungen der Wunsch in erster Linie der Vater des Gedankens gewesen sein. Ein Sinnbild dafür, daß die letzten Entscheidungen bezüglich der Geschenke fallen, daß es sich bei den Einnahmen der nächsten Tage nur noch um kleine Posten handeln wird, um ein paar Nachzügler vor Torschluß. Das „große" Geschäft ist mit dem Kassenabschluß an diesem Tage gemacht.

Am Goldenen Sonntag bewegt sich frohe Hoffnung durch die Straßen. Das Sinnen all der vielen Menschen ist gleichgerichtet, wenn sie auch auf tausenderlei verschiedenen Wegen gehen, um zu dem nämlichen Ziel zu gelangen. Jeder Blick sieht dasselbe nur unter anderem Gesichtswinkel, Blicke, die sich kreuzen, schalten die Gedanken auf eine geheime Zentrale um, in der das Wissen und ein baldiges gemeinsames Erlebnis ungestüm nach Offenbarung drängt, sich mitteilen möchte. Jedes gesprochene Wort irrt wie ein scheuer Vogel zum Ohr, in Angst, daß es vorzeitig das verraten könnte, was sich erst unter dem Baum enthüllen soll. Bei jeder Frage wird die Antwort zuvor prüfend auf die Goldwaage gelegt.

Am Goldenen Sonntag bekommen alle käuflichen Dinge eine eindringliche Bezüglichkeit auf das nahe Fest. Sie scheinen sich mit einer gewissen Selbstherrlichkeit dem Auge anzubieten. Diese durch ihre

Aufmachung, jene durch ihren Geldwert, andere wieder stellen sich unter Betonung des praktischen Nützlichkeitsprinzips zur Schau. Die Reklametrommel wirbelt noch einmal zum Generalangriff auf das zusammengeschmolzene Häuflein Silberstücke. Das letzte Aufgebot ist gegen den Kunden mobil gemacht. Denn der Goldene Sonntag ist der letzte Silberstreifen am Horizont des dräuenden Jahresultimo.

Hofheimer Zeitung vom 21. Dezember 1929

BAD HOMBURG

Das war schön!

Weihnachtliches Erlebnis auf der Louisenstraße

Es war ein besonderes Vergnügen, in diesen Tagen durch unsere Louisenstraße zu gehen. Alle Auslagen trugen weihnachtlichen Charakter. Prüfend und wägend standen die Erwachsenen vor den Geschäften, während die Schuljugend an den Fensterscheiben der Läden, die mit Spielzeug geschmückt sind, ihre Näs'chen plattdrückte.

Ein Elternpaar mit einem etwa vierjährigen Bübchen betrachtete die bunten Spielsachen. „Kaufen, Papa", bettelte der Kleine. Daneben stand eine ärmlich gekleidete Mutter mit einem kleinen Mädchen. „Mutti, kaufen", bettelte auch hier die Kleine. „Ja, kaufen", wiederholte die verhärmte Frau leise, „warte bis Weihnachten, vielleicht bringt dir das Christkind ein Püppchen."

So leise die Mutter sprach, das Elternpaar hatte es gehört. Ein kurzer innerer Entschluß des Mannes, dann ging er eilig ins Geschäft. Seinem glücklich aufjauchzendem Buben gab er einen bunten Ball in die ihm entgegengestreckten Händchen, und – wie beschämt, als ob er eine

Dankesschuld gegenüber einem ihm glücklicheren Geschick abzustatten hätte, drückte er mit kurzen Worten auch dem kleinen Mädchen einen Ball in die Hand. Die zaghaften Dankesworte der Mutter, die hier verspürte, daß nicht Mitleid, sondern gutes Mitempfinden diesen Weg des Glücklichmachens fand, gingen im Gejauchze der Kinder unter.

Da sahen sich die Mütter an, und in ihren Augen stand ein gemeinsames Gefühl unaussprechlichen Mutterglücks. Die Wege der einander Unbekannten trennten sich, ohne viel Worte, aber es verblieb – auch in mir als dem ungesehenen Beobachter ein so froh stimmendes Empfinden durch eine aus dem Herzen kommende Tat. Die Welt ist doch noch gut.

Der Taunusbote, 24. Dezember1949

Aufruf I

Einwohner Hofheims!
Im Bedarfsfalle berücksichtigt die hiesigen
Geschäftsleute, laßt das Geld hier und

Kauft am Platze!

Verschönerungs- und Verkehrsverein
Hofheim am Taunus

Hofheimer Zeitung vom 10. Dezember 1929

Auf bevorstehende Weihnachten

empfehle mein Lager in Juwelen, Uhren, Gold- und Silberwaren, welches insbesondere in Schmucksachen jeder Art, von den billigsten bis zu den kostbarsten, in neuester und geschmackvollster Arbeit, auf das reichste ausgestattet ist.

Philipp Fischer,
Louisenstraße, gegenüber dem Englischen Hof.

Der Taunusbote vom 6. Dezember 1863

Adventsfeier des Kath. Gesellenvereins

Es war eine schöne und besinnliche Adventsfeier, die der Kath. Gesellenverein am Sonntag und Montag veranstaltete. Heilige und freudige Sehnsuchtsstimmung, die beide Stücke durchklang und durchzitterte, wurde in dem Herzen des besinnlichen Besuchers geweckt, sodaß der Sinn und der Zweck der Veranstaltung voll und ganz erreicht wurden. Gewiß war diese Theateraufführung gegen sonstige Aufführungen etwas Außergewöhnliches und nichts Alltägliches. Es waren recht große Anforderungen an die junge Spielschar gestellt und deshalb auch kein Wunder, daß man noch manches aussetzen könnte. Aber wenn wir gerecht sein wollen, müssen wir anerkennen, daß die Spieler es verstanden haben, zwei so schwierigen, aber guten und gediegenen Stücken auch auf einfacher Bühne zum Erfolg zu verhelfen. Dafür sei ihnen herzlich gedankt! Mögen sie auf dem einmal betretenen Wege weiter fortschreiten trotz aller Kritik, die vielleicht gerade jetzt eintreten könnte. Das Bewußtsein, durch eine solche Theateraufführung dem Volke zu dienen, möge ihnen der schönste Lohn sein.

Hofheimer Zeitung vom 21. Dezember 1929

Winternot und Winterhilfe 1925

Frau Sorge übt ihre Herrschaft in unserem Vaterlande immer rücksichtsloser aus. Mit jedem Tage mehren sich die Entlassungen von Arbeitern und Angestellten. Die Zahlen über die Arbeitslosigkeit schnellen erschreckend nach oben, der Umfang der Hilfstätigkeit vergrößert sich mit jedem Tage. Angesichts der Notlage ungezählter Tausender muß die öffentliche Fürsorge eingreifen. Die Gesamtnot unseres Volkes wird natürlich durch die Zuhilfenahme öffentlicher Gelder nur vergrößert. Die neuen Ausgaben erfordern ohne weiteres neue Einnahmen; mit anderen Worten: neue Abgaben und Steuern. Es ist eine böse wirtschaftliche Zwickmühle, in die hinein uns die soziale Notlage treibt, aber wir müssen in sie hinein und durch sie hindurch.

Die größte Sorge lastet in diesen bösen Tagen und Wochen auf Staat, Gemeinden und Städten, die der großen Arbeitslosigkeit unmittelbar gegenüberstehen und für Abhilfe sorgen müssen, wenn sie ihnen nicht zwangsweise abgerungen werden soll. So vergeht denn auch keine Stadtverordneten- und Gemeinderatssitzung, ohne daß neue Mittel für die Erwerbslosenfürsorge und für andere Notkleidende bewilligt werden müßten. Winterhilfe ist zu leisten. Die Kohlen- und Kartoffelscheine werden wieder eingeführt. Daß man den Versuch macht, aus der Not so etwas wie eine Tugend zu machen, versteht sich von selbst. Daher überall die Suche nach produktiver Nothilfe, nach Notstandsarbeiten. Notstandsarbeiten sind gewiß keine ideale Lösung, denn sie befriedigen weder den Arbeitgeber noch den Arbeitnehmer. Die Löhne müssen verhältnismäßig knapp sein, deshalb ist auch die Leistung verhältnismäßig gering. Notstandsarbeiten sind darum selbst bei billigen Löhnen unter Umständen eine recht kostspielige Sache.

Aber, Not kennt nun einmal keine Rücksichten, sie verlangt vor allem nach Linderung, gleichviel mit welchen Mitteln. Eines der besten Mittel, die Not der Aermsten zu mildern, kann man jedenfalls in den Wärmehallen und öffentlichen Küchen, vor allem aber auch in der Schulspeisung der Kinder sehen. Gerade das heranwachsende Geschlecht ist den allergrößten Gefahren für Leib und Leben ausgesetzt. Jede neue Meldung über den Gesundheitszustand der Kinder eröffnet uns erschreckende Ausblicke. Hier ist, wie beim hilflosen Alter, Hilfe am dringendsten vonnöten, und diese beste Hilfe ist immer noch in vorbeugenden Mitteln zu sehen. Die Nahrungsfürsorge ist die Hauptsache, und wie es mit dieser in Zeiten der Not aussieht, darüber hört man Erschreckendes genug. Vor allem in diesen Tagen und Wochen eines allzu frühen und strengen Winters mit seinen Ansprüchen an das Heizmaterial.

Sache des Einzelnen wird es sein, mitzuhelfen an der Linderung der furchtbaren Nöte, denn ohne die individuelle Hilfe von Fall zu Fall bleibt die öffentliche Hilfe nur ein Stückwerk. Die verschämte Armut, vor allem das notleidende Alter hat Anspruch auf Hilfe. Das sollte die freiwillige Weihnachtsgabe des noch nicht darbenden Teiles des deutschen Volkes an die Darbenden und Notleidenden sein.

Taunus-Zeitung vom 19. Dezember 1925

WEHRHEIM

Vermischtes

Wehrheim, 10. Decbr. Es lebe die Concurrenz ! Unsere hiesigen Metzger werden, wenn sie nicht etwa vorziehen die Fleischpreise zu ermäßigen, demnächst die Schlachterei einstellen können, denn es ist hier eine Pferdeschlächterei entstanden, und findet dessen Fleisch zum Preise von 6 kr. pr. Pfd. raschen Absatz. Das Vorurtheil, welches allgemein noch gegen die Genießbarkeit des Pferdefleisches obwaltet, verschwindet immer mehr, und wird dadurch dem unbemittelten Stande Gelegenheit geboten, billige Nahrungsmittel zu erhalten.

Usinger Anzeiger vom 13. Dezember 1871

Der dichtende Metzger

Markus Marx aus Homburg war sicherlich ein guter Metzger. Er griff aber nicht nur zum Schlachtermesser, sondern auch zur Dichterfeder, um zum Weihnachtsfest 1872 seine Kunden in den Laden „vis-à-vis der alten Post“ zu locken. Auch wenn es hier und da bei Metrum und Endreim etwas holpert – der Schluss entschädigt.

Das Weihnachtsfest kommt nun herbei,
Es sind noch wenig Stunden;
Auch ich in meiner Metzgerei
Denk‘ stets an meine Kunden.

Drum schlachte ich auch früh und spät,
Meine Kunden zu erfreuen,
Nur Ochsen Prima-Qualität!
Dies wird mich nicht gereuen.

Die schönsten Kälber schlachte ich,
Das Fleisch so weiß wie Wachs,
Drum glaube ich auch sicherlich:
Ihr kommt zur Markus Marx.

Die schwersten Hämmel, die es gibt,
Die schlachte ich auch noch,
Und wer den Hammelsbraten liebt,
Der kauf ihn diese Woch‘!

Alles andre macht mir keine Pein.
Ihr Juden und ihr Christen,
Kommt, kaufet alle bei mir ein,
Auch ihr, ihr Methodisten!

Markus Marx,
Metzgermeister
Stets vis-à-vis der alten Post!

Taunus-Bote vom 22. Dezember 1872

Aufruf II

Am Dienstag, 24. Dezember 1929 findet sich ganz oben auf der Seite 5 der „Hofheimer Zeitung" ein Rahmen, in dem in großen Buchstaben steht: „Deutsche Volksgenossen, legt deutsche Erzeugnisse unter den deutschen Weihnachtsbaum!" An solchen Erzeugnissen mangelt es in Hofheim nicht. Georg Mook in der Krebsgasse Nr. 13 schlägt in seiner Annonce „ein prakt. Weihnachtsgeschenk für jede Hausfrau" vor. Nämlich von den Mielewerken aus Gütersloh „Handmaschinen von 57 Mk. an, Kraftmaschinen von 136 Mk. an" und bereits damals „Motormaschinen mit Drehstrom" ab 105 Mark und solche mit Gleichstrom ab 245 Mark. Auch der Ratenkauf war bereits bekannt: „Günstige Zahlungsbedingungen bis zu 12 Monaten!"

Aus: Hofheimer Zeitung, 24.12.1929

Photographisch-artist. Anstalt

Von

J. Huff

Untere Promenade 19.

Zu Weihnachtsgeschenken bestimmte
Aufnahmen bitte baldmöglichst vornehmen zu lassen.

Vergrösserungen und Reproductionen.
Albums und Rahmen.

Aufnahmen täglich, auch bei trüber Witterung, vermittelst *Schnellwirkender Apparate* und vorzüglicher *Beleuchtungseinrichtungen*.

Die aus meinem Atelier hervorgegangenen Arbeiten Haben sich bereits auch in weiteren Kreisen Anerkennung und Beifall errungen und reihen sich den besten Erzeugnissen dieser Branche ebenbürtig an.

Equipagen können bis zum Atelier vorfahren.

Aus: Taunusbote, 10.12.1876

Eiskunstläufer unterwegs

Der Weiher in den Kurhaus-Anlagen ist auch in diesem Winter wieder ein recht besuchter Vergnügungsort. Manch hübsches Gesichtchen ist dort zu sehen, das frost- und freudenroth aus der warmen Kopfumhüllung herausschaut, und manch zierliches Füßchen, auf den Stahlschuh geschnallt, fliegt über die glatte Eisfläche hin. Die Administration des Kurhauses hat auch wieder in dankenswerther Aufmerksamkeit für verschiedene Bequemlichkeiten* gesorgt.

**altmodischer Ausdruck für Toilette*

Aus: Taunusbote, 18. Dezember 1864

Drops, Cola, Danke

Trockenes Protokoll über eine schöne Bescherung

Der Eschborner Flugplatz, in den 1930er Jahren entstanden, war 1944 bombardiert worden und wurde Ende März von den Amerikanern besetzt. Er wurde 1948 zum Schauplatz einer weihnachtlichen Bescherung, über die der Eschborner Bürgermeister (1946 – 1961) Heinrich Graf eine Aktennotiz in schönstem Beamtendeutsch verfasste. Bei dem erwähnten „Pappkorn" dürfte es sich um Popcorn gehandelt haben. Und bei DM handelte es sich seit diesem Jahr 1948 bereits um die Deutsche Mark.

Am 13. 11. 1948 wurde nach vorheriger Rücksprache mit dem Platzkommandanten des Flugplatzes eine Weihnachtsbescherung für den 25. 12. 48 – nachmittags von 2 – 4 Uhr – angeordnet.

Zu dieser Bescherung wollte der Kommandant gemäss der Liste 269 Kinder im Alter von 2 – 10 Jahren durch eine Weihnachtsgabe erfreuen. Am 19. 11. 48 überreichte der Bürgermeister eine Liste dem Herrn Kommandanten. Eine anschließende Besichtigung der Turnhalle und der Schule erhärteten dieses Vorhaben.

Nach einer erneuten Aussprache musste jedoch der Kommandant zurücktreten, da er die gesammelten Gegenstände an den Bezirk Frankfurt Praunheim liefern musste. Aufgrund dieser Tatsache wurde nun die ganze Weihnachtsbescherung hinfällig.

Nach erneuter Rücksprache auf dem Flugplatz am 16. 12. 48 und gleichzeitiger Vorsprache vormittags und nachmittags bei der C Y A Officier im Hauptquartier Ffm.-Höchst Mil. Post wurde nach längeren Verhandlungen bei der Vorsprache am Nachmittag die Zusage gemacht, dass die Gemeinde Eschborn eine Sonderabgabe erhalten soll, und zwar am 23. 12. 48 vormittags 9 Uhr.

Durch Bekanntmachungen am 22. 12. 1948 wurde auf die Weihnachtsfeier hingewiesen. Listenmässig wurden 269 Kinder im Alter von 2 – 10 Jahren erfasst. Unter diesen befanden sich 68 Kindergartenkinder.

Die Bescherung fand wie vorgesehen mit einer kleinen Verspätung am 23. 12. 48 in der Turnhalle statt.

Der Turnverein hatte die Halle zur Verfügung gestellt, die Gemeinde übergab zur Heizung der Halle einen halben Centner Holz und 1 Ctr. Koks. Kosten entstanden für Hallenmietung nicht.

Mit Lastauto wurden die Gegenstände angefahren.

Zur Ausgabe gelangten:

1 Flasche Cocacola im Werte von	60,00	Pfennig
Gebäck	20,00	Pfennig
5 Tafeln Schokolade	6,50	DM
4 Rollen Drops	2,00	DM
Kaugummi	–,20	DM
1 Tüte Pappkorn	1,00	DM
Gesamtwert pro Person	10,50	DM

Es wurden anstatt 269 jedoch 325 Geschenke ausgegeben.

Dieses ergab einen Gesamtwert von ...... 3.412,50 DM.

Nachdem die beiden Damen und Amerikaner die Gegenstände in die Turnhalle gebracht hatten, richtete der Bürgermeister eine kurze Ansprache an die Anwesenden. In derselben hob er die durch die Weihnachtsbescherung zu Tage tretende Verbundenheit zwischen Sieger und Besiegten hervor und gelobte, dass diese Tat zur Völkerverständigung und für den Frieden zu bewerten sei.

Darauf fand die Übergabe statt.

Bemängelt wurde von Seiten der Amerikaner, dass die Schulkinder zu 80% es nicht für nötig hielten, sich bei Empfang der Gabe zu bedanken. Man wies mich darauf hin, dass in punkto Erziehung noch manche Arbeit zu leisten sei.

Aktenprotokoll des Bürgermeisters, Stadtarchiv Eschborn, undatiert

Weihnachtsgedanken eines Sportmannes in den 20er Jahren

Sport ist Leben, Sport ist Kampf, Sport ist Inhalt, aber er darf nicht zum alleinigen Sinnen und Trachten, Denken und Treiben werden. Viel zu stark hat die Oberflächlichkeit, die Veräußerlichung bereits im Sport die Oberhand gewonnen, viel zu weit hat er sich von dem entfernt, was er, weit über das Körperliche hinaus, in Wirklichkeit sein soll: ein Kulturgut und Erziehungsmittel.

Wie mancher junge Mann, manches junge Mädchen denkt heute an den Sonntagen an nichts anderes mehr als daran, daß sie in ihrer Mannschaft spielen müssen. Gewiß ist kameradschaftliches Zusammenhalten sehr schön. Ja eine der wertvollsten Eigenschaften des Sports überhaupt; aber darüber zu vergessen, dass auch Pflichten gegen die eigene Familie bestehen, Pflichten zur Fortbildung auch auf anderen Gebieten menschlichen Wissens, sei es beruflicher oder kultureller Natur, ist eine unangenehme Begleiterscheinung zu einseitig gepflegten Sportgeistes betriebener Sportbetätigung.

Weihnachten! Das Fest der Freude und des Friedens, ist so recht dazu angetan, sich einmal innerer Beschaulichkeit über des Lebens und seiner inneren Güter Wert hinzugeben. Da soll man Einkehr halten und sich abwenden von all dem alltäglichen Treiben und Tun, also auch von sportlichem Zwang. Gewiß ist damit nicht gesagt, daß man auf liebgewordene Bewegungsfreiheit verzichten soll, aber, wenn schon überhaupt, das sportliche Spiel soll dann einen anderen Charakter tragen als den des Kampfes um Punkt und Sieg. Besser noch, man verzichtet ganz darauf und gibt sich stattdessen einer Gedankenwelt hin, wie sie eben nur das deutsche Weihnachtsfest in sich birgt. Mit den Kameraden des

Vereins, der Mannschaft, sei man frohgesinnt in geselligem Kreise zusammen und besinne sich darauf, daß man über Sport und Spiel hinaus auch ein Mensch ist, dessen Gesichtskreis weiter geht als nur bis zum Spielfeld, zu Punkten und Meisterschaften. Hier können die Sportvereine noch sehr viel lernen von den Turnvereinen, von denen wohl jeder einzige seine Weihnachtsfeier veranstaltet in einem Geiste, der dem Inhalt dieses Festes vollauf gerecht wird. Die Turner wissen, dass sie auch auf diese Weise Dienst am Volk tun, weil sie Arbeit am Menschen leisten.

Hofheimer Zeitung vom 24.12.1929

HOMBURG

Freundliche Bitte

Nur wenige Wochen noch und das heilige Christfest kehret wieder – das Fest, an welches für Kinder und Erwachsene so freudige Empfindungen sich knüpfen. Auch unsere Kleinen in der Bewahranstalt, 90 an der Zahl, sie geben der beglückenden Hoffnung Raum, daß tätige Menschenliebe ihnen wie in früheren Jahren so auch dieses Mal ein fröhliches Weihnachtsfest bereiten werde. Sollten sie, die Armen, in ihren Erwartungen sich getäuscht finden? Sollten Sie allein an jenem Freudentage freudenleer bleiben, wenn andere glücklichere Kinder voll Jubel den strahlenden Christbaum umstehen? Auf daß dem nicht so sei, richten wir hiermit an alle Kinderfreunde die dringende Bitte, doch auch der Kinder unserer Anstalt durch Spendung von Christgeschenken liebreich gedenken zu wollen.

Die unterzeichnenden Frauen des Vorstandes sind täglich bereit, jede, auch die kleinste Gabe an Geld oder Stoffen dankbar entgegenzunehmen.

Homburg, den 28. November 1862.

Sophie Müller, Seniorin. Carolina Bansa. Bella v. Titzenhofer. Auguste v. Titzenhofer, geb. Bansa. Louise Des-Noyer.

Der Taunusbote vom 7. Dezember 1862, Originalüberschrift

USINGEN

Schwindsuchtshusten

Durch den Gebrauch von 4 Flaschen
des G. U. W. Mayer'schen weißen

Brust-Syrup

wurde ich vollkommen von einem hartnäckigen
Schwindsuchtshusten befreit.
Weingarten bei Ravensberg, (Würtemberg) 1870.
Jos. Merath. Stets echt bei Fritz Heller in Usingen.

Usinger Anzeiger vom 2. Dezember 1871

Barbaratag

Am 4. Dezember feiert der Artillerist alljährlich den Gedenktag seiner Schutzpatronin, der heiligen Barbara. Es mag auf den ersten Blick immerhin erstaunlich erscheinen, wieso eine Frau in dieser Eigenschaft mit der schwersten und handfestesten Waffe der Kriegsführung der Vergangenheit und Gegenwart in Beziehung gesetzt worden ist. Es geschah freilich auch auf einigen Umwegen.

Nach dem, was uns die Legende erzählt, war die heilige Barbara die Tochter eines reichen Nikomediers namens Dioskuros im dritten nachchristlichen Jahrhundert. Ihr Vater setzte, als sie zum Christentum übergetreten war, so sehr alle natürlichen, menschlichen und väterlichen Gefühle beiseite, daß er sie nicht nur zum Tode verurteilen ließ, sondern auch noch selbst das Bluturteil an ihr vollzog. Ein Blitzstrahl, der den unnatürlichen Vater erschlug, bestrafte diese Freveltat auf der Stelle. Bald nach ihrem unter so grausigen Umständen erfolgten Märtyrertode und in enger Verbindung damit wurde Barbara nach ihrer Heiligsprechung als Schutzheilige gegen Blitz und Donner verehrt. Es bildete sich auch bald der Brauch, nicht bloß Kirchen, die ja dem Blitzstrahl besonders ausgesetzt sind, sondern auch die bei Feuersgefahr geläuteten Glocken, die Feuerglocken, der heiligen Barbara zu weihen. Schon das frühe Mittelalter kannte solche Barbara-Glocken, die bei drohenden Gewittern geläutet wurden.

Da nun die Artillerie bei ihrer Tätigkeit ähnliche Begleiterscheinungen und Wirkungen hervorbringt wie das Gewitter, so wurde die Heilige beim Neuaufkommen dieser Waffe mehr und mehr zum Schutze gegen diese verheerenden, künstlichen Gewitter angerufen, zuerst, wie man sagt, in Spanien. Von dieser Beziehung aus bildete sich auch bald der Brauch, an Zeughäusern, Pulverlagern, Artilleriekasernen das Bildnis der Heiligen anzubringen. Ja, auf französischen Kriegsschiffen wird die Pulverkammer direkt „Sainte-Barbe“ genannt. Das frühere Barbara-Tor in Metz führte zum außerhalb der Innenwälle liegenden Zeughaus. Besonders große Kanonen früherer Zeiten erhielten häufig den Namen der hl. Barbara.

Aus: Hofheimer Zeitung vom 3.12.1927

MERZHAUSEN

Ein grausamer Weihnachtstag

VON PROF. DR. EUGEN ERNST

Merzhausen, erstmals im Jahr 1293 urkundlich erwähnt, ist seit 1972 einer der sechs Stadtteile von Usingen. Wegen des nahen Feldflughafens, heute die Erdfunkstelle für Satellitendienste, wurde Merzhausen zum Ziel von Luftangriffen am Heiligen Abend 1944. Eugen Ernst, der langjährige Direktor des Hessenparks in Neu-Anspach schildert hier seine Erinnerungen an diesen kriegerischen Heiligabend.

Weihnachten 1944, der Höhepunkt des grausamen Krieges, bescherte den meisten Deutschen ein wenig erbauliches Fest. In dem Taunusdorf Merzhausen wurde die Heilige Nacht blutig.

Damals, im Dezember 1944, lebten in Anspach knapp 2.500 Menschen, die Evakuierten aus den zerbombten Städten im Rhein-Main-Gebiet mit eingerechnet. Fast jeder kannte jeden.

Die Adventszeit nahte mit Frost und ein wenig Schnee. Wir Buben von 13 und 14 Jahren fanden das Leben trotz aller Ahnung von Not und Tod dennoch aufregend interessant. Da lag eine zwangseinquartierte Nachrichtenkompanie im Dorf, der Divisionsstab im Haus meiner Großeltern. Da gab es einen Ordonanzoffizier, einen Wiener Fotografen, der das halbe Dorf porträtierte. Da pilgerten wir durch den glitzernden reifschweren Hochtaunus zu jenem Jagdflugzeug (ME 110), das gegen den kleinen Feldbergturm gerast war. Da wurde geschlachtet und schwarzgeschlachtet. Wer in der Landwirtschaft lebte, überlebte gut.

Vater war Anfang Dezember auf stark von Tieffliegern gefährdeten Strecken unversehrt vom Westwall zurückgekommen. Dort hatte er mit Hitlerjungen und vielen älteren Männern vergeblich Panzergräben ausgehoben und allerlei sinnlose Sperranlagen aufgebaut. Vater bekamen wir aber fast nur am Wochenende richtig zu sehen. Er war vom Kriegsdienst zurückgestellt, weil seine Tätigkeit als Waldarbeiter offenbar kriegswichtig war. Er ging gegen 6 Uhr morgens hinauf in die Wälder um den Altkönig und kam erst heim, wenn es schon lange dunkel war – tagein, tagaus.

Der 24. Dezember 1944 fiel mit dem 4. Advent zusammen. Vater hatte schon am Morgen vor dem Gottesdienst zum 4. Advent die „gute Stube“ eingeheizt, was im Jahr nur einmal, nämlich an Weihnachten, vorkam.

Draußen herrschte ein trocken-heller Frost, es lag nur wenig Schnee, der Boden war hartgefroren. Gegen 14.30 Uhr trafen wir, drei gleichaltrige Schulfreunde, bei dem vierten im Bunde ein. Dort durften wir etwas ganz Schlimmes, staatlich streng Verbotenes tun.

Hinter dem alten Kanapee kauerten wir und hörten aus dem alten Volksempfänger, der sonst neben dem Lehnsessel des fortwährend hustenden Großvaters unseres Freundes auf einem Tisch stand, BBC London, also den Feindsender. Und da hieß es plötzlich: „Alliierte

Bomberverbände befinden sich im Angriff auf Feldflugplätze im Rhein-Main-Gebiet."

Konnte das sein? Es war doch Weihnachten? Bei der Meldung des Feindsenders dachten wir aber weniger politisch als vielmehr abenteuerlich. Wir bestiegen sozusagen geheimbündlerisch das im Hinterhof gegenüber stehende wackelige Feuerwehrtürmchen, in dem die Schläuche getrocknet wurden. Es war ein primitives Gebilde, das, von sechs oder acht starken Fichtenstangen gestützt, beim Gerätehaus in die Luft ragte. Wir fühlten uns als ganz wichtige Beobachter des angekündigten Geschehens, denn einer der Feldflugplätze lag ja nur etwa drei bis vier Kilometer Luftlinie nordwestlich von unserem schwindelerregenden Lugaus entfernt. Wären wir erwischt worden, hätte es mit Sicherheit trotz Weihnachten eine Tracht Prügel gesetzt.

Wir brauchten nicht lange bei der klirrenden Kälte und dem strahlenden Sonnenschein in luftiger Höhe auszuharren, bis das dumpfe Dröhnen der Flugzeugpulks von Wiesbaden-Erbenheim und Eschborn herüberdröhnte. Die Flak begann zwecklos zwischen die Geschwader zu schießen, die dann über der Wetterau nach Norden und dann nach Westen drehten. Einige deutsche Jagdflugzeuge stiegen vom Feldflugplatz bei Merzhausen auf, wir erwarteten einen spannenden Luftkampf. Aber die Focke-Wulf-Maschinen nahmen Reißaus, vielleicht waren sie für Besseres bestimmt.

Dafür waren die dunkel glänzenden Punkte der Bomber immer deutlicher zu sehen. Und als sich die Maschinen in der Höhe des Feldflugplatzes Merzhausen befanden, fiel plötzlich ein ganz anderer Ton, ein Pfeifton, in das Dröhnen der Flugzeugmotoren ein. Es war ein infernalisches Singen und Zischen und Rauschen, und dann folgten gewaltige Detonationen. Wir hatten das zweifelhafte Vergnügen, die langen Reihen der wie weiße Eier in der Sonne glänzenden Bomben zu sehen, die aus den Schächten der Flugzeuge fielen.

Wehe dem Flugplatz, wehe dem benachbarten Dorf Merzhausen! Ein not- und todbringendes Weihnachtsgeschenk, eine höllische „Bescherung" von oben! Der Spuk war vergleichsweise schnell vorbei. Die Flugzeuge flogen nach Westen ab, einige hatten die Bomben etwas später fallen lassen. Wir stiegen zitternd die Leiter, in der einige Sprossen fehlten, neben den getrockneten Feuerwehrschläuchen hinab. Wir waren verschont geblieben. Weihnachten konnte beginnen – nach dem Füttern und Melken, versteht sich.

Die „gute Stube" empfing uns im Weihnachtsduft, einem ätherischen Gemisch von dem harzreichen Christbaum, den ausgestochenen Plätzchen und dem heißen Apfelwein mit Zimt und Zucker. Der Vater ließ es an nichts fehlen. Er hatte auch den „selbst gemachten" granatroten Johannisbeerwein bereitgestellt. Man trank einen Begrüßungsschluck, dann las Opa die Weihnachtsgeschichte vor – besser: Er sagte sie auswendig.

Dann erfolgte die Bescherung mit Pullover, einer Mütze und einem Paar Socken. Dazu kamen noch ein Quartettspiel und ein paar Sägeblätter und Vorlagen für die Laubsägearbeiten. Ich erhielt ein geradezu aufsehenerregendes Geschenk: ein Paar Skier. Umgekehrt warteten wir Kinder mit Laubsägearbeiten und Gedichten auf. Es wurde wie immer am Heiligabend viel gesungen, die altvertrauten Lieder. In diesem Jahr konnte ich sie in einfachen Sätzen schon auf dem Klavier begleiten, das Vater in unser Wohnzimmer hatte stellen lassen, weil es aus dem beschlagnahmten Sälchen des Gesangvereins weichen musste.

Während sich die Großeltern, die Diakonissen und die Eltern über viele Vorkommnisse und Geschichten vom Krieg und aus dem alten Dorf unterhielten, wobei ich zumindest mit einem Ohr ganz dabei war, kümmerten sich die Geschwister um ihre neuen und alten Spiele, knackten Nüsse und knabberten an den Weihnachtsplätzchen.

Nur einer fehlte an diesem Abend: unser Sanitätsunteroffizier von der Nachrichtenabteilung. Er war auf dem Flugplatz zugange, wo er nach dem Angriff am Nachmittag viel zu verbinden und zu helfen hatte.

Der erste Weihnachtsfeiertag verlief zunächst in gewohnten Gleisen: Festtagsgottesdienst, etwas besseres Essen (Schweinebraten) und dann am frühen Nachmittag der Besuch bei den Großeltern mütterlicherseits. Allerdings verlief der Nachmittag, an dem auch andere Verwandte mit Kindern herbeigekommen waren, anders als erwartet. Ein gleichaltriger „Nachcousin" und ich hielten es nicht in der Stube aus. So gegen 15 Uhr begann ein für uns nachhaltig wirkendes Abenteuer.

Im Nachhinein frage ich mich immer noch, warum wir den trauten Familienkreis verlassen hatten, um auf einem alten Damenfahrrad die Straße hinauf- und hinunterzufahren, und vor allem, woher wir den Mut nahmen, das Fahrrad auf einen Militär-LKW zu werfen, der in der Schreinerei einer Seitengasse Särge aufgeladen hatte. Wir konnten uns schnell mit den Soldaten arrangieren, kauerten dann mit dem Fahrrad zwischen den Särgen und fuhren in Richtung des Feldflugplatzes. Wir wollten etwas von dem sehen, was am Tag zuvor nur aus der Ferne zu beobachten war. Wir überlegten nicht lange, fragten auch nicht nach der Reaktion der Eltern. Das war ein Gemisch aus Neugier und pubertärer Wichtigtuerei.

Als wir uns gegen 16 Uhr dem Dorf oberhalb des Flugplatzes näherten, verschlug es uns die Sprache. Wir hätten jetzt gern auf diesen Nervenkitzel verzichtet. Denn wir standen plötzlich mitten auf dem Kriegsschauplatz an der sogenannten Heimatfront. Nichts von Heldentum und Hurra-Patriotismus. Dagegen geschockte, versteinerte Menschen, Eisberge aus erstarrtem Löschwasser und Hilflosigkeit. Wir blickten in aufgerissene Häuser und zerzauste Weihnachtsstuben, die gestern noch fein säuberlich hergerichtet waren. Zerfetzte und ausgebrannte Scheunen starrten uns an. Dort lag ein lamettaverzierter Christbaum in einer Hofecke, hier dampften noch verbrannte Kühe an ihren Ketten, die keine Fluchtchance hatten und zu Kadavern verschmolzen waren. Es roch nach verbranntem Heu und Stroh. Auf einem der gewaltsam abgedeckten Gebäude hing der Vorderteil eines fuchsfarbenen Pferdes.

Gespräche konnten wir nicht führen. Wir kamen uns überflüssig vor, wir konnten ja nicht helfen. Der westliche Teil des Dorfes Merzhausen war arg mitgenommen. Sehr viele Bomben waren auch auf das rückwärtige Feld gefallen. Da hatten einige Flieger nur zu spät ausgeklinkt.

Gegen 17.30 Uhr machten wir uns auf den Heimweg, unser wackeliges Fahrrad nur sehr vorsichtig abwechselnd benutzend. Als wir aus dem Wald am Grünwiesenweiher kamen, hatte der kalte Vollmond die vor uns liegende offene Landschaft in ein Silberreich verzaubert, er tat so, als sei nichts geschehen. Und dann kamen wir heim in eine völlige Nicht-Betroffenheit, in eine heile, warme Weihnachtswelt.

Nach dem Abendbrot gingen wir wieder in die „gute Stube“, diesmal die Familie allein, wir waren unter uns. Die Geschwister spielten fröhlich und durchaus in Eintracht. Unser Sanitäter berichtete von den Geschehnissen des 24. Dezember, ich konnte ergänzen. Die Idylle wich einer großen Betroffenheit. Vater war bereits für den zweiten Weihnachtsfeiertag mit Hacke und Schippe zum Planieren der Bombentrichter beordert worden.

Ich musste zum Schluss doch noch eine mühsam gelernte „Weihnachtsphantasie“ auf dem Klavier spielen. Das „O du fröhliche“ klang 1944 nicht so überzeugend – mehr, als hätten alle Hals- oder Brustweh.

Aus: Eugen Ernst, „Winterleid - Winterfreud' - Weihnachtszeit!"
Erzählungen aus Neu-Anspach und dem Hochtaunus, Usingen 2015

Local-Veränderung

Meinen geehrten Freunden und Gönnern erlaube mir hiermit zur Anzeige zu bringen, daß ich mein Geschäfts-Local in das von mir erkaufte Haus, Louisenstraße Nr. 48, verlegte habe.

Bei dieser Gelegenheit ermangele ich nicht auf die bevorstehenden Festtage einem geehrten Publikum mein wohlassortirtes Lager aus allen Fächern der Literatur bestens zu empfehlen.

Dasselbe ist auf das Sorgfältigste ausgewählt, und werden Literaturfreunden auf Verlangen jederzeit gerne Bücher zur Ansicht und Auswahl zugesandt.

Ganz besonders habe ich ein reichhaltiges Lager in Kinder- und Jugendschriften für jedes Alter, von 6 Kreuzer an bis zu fl 10, in Bilderbüchern, den so beliebten Miniatur-Ausgaben deutscher Classiker, Gesangbüchern, evangel. und kathol. Schulbüchern etc. Ferner erlaube mir hinzuweisen auf mein vollständiges Lager in Schreibmaterialien enthaltend: alle Sorten Papiere, Bleistifte, Schreibhefte, Federhalter, Stahlfedern, Siegellack, Federmesser, Notizbücher, Briefmappen, Farbkasten, Reißzeuge, Zeichnenetuis, Stammbücher, Albums, Photographie-Albums, Albumsblätter, Modellir-Cartons, feiner und ordinärer Bilderbogen etc., sowie allen sonstigen Erfordernissen zum Zeichnen und Malen.

Friedr. Fraunholz,
Louisenstraße Nr. 48, am Waisenhausplatz.

Der Taunusbote vom 7. Dezember 1862

Ganz offene Schleichwerbung

Dass schon 1926 die Trennung von Anzeigen und redaktionellem Text nicht ganz lupenrein war, geht aus dem folgenden Beitrag in der Taunus-Zeitung hervor. Zwischen der Meldung über gefälschte 20-Reichsmark-Noten und dem Bericht über den Obst- und Gartenbauverein Königstein und Umgebung findet sich folgender Text:

Immer näher rückt das Weihnachtsfest heran und immer brennender wird die Frage nach Weihnachtsgeschenken für unsere Lieben. Es ist nicht so leicht, unter all den vielen angepriesenen Sachen das Richtige zu finden, vielen mangelt es auch an Zeit, von Geschäft zu Geschäft zu gehen und zu suchen. Da dürfte es sich empfehlen, einmal die „Taunus-Zeitung" in die Hand zu nehmen und die Anzeigen der Geschäftshäuser, vor allem unserer Königsteiner, einer genauen Beachtung zu unterziehen. Gar mancher dürfte hier eine wertvolle Anregung erhalten, was er den Seinen zum Feste schenken kann. Die Anzeigen der Königsteiner Firmen sind aus technischen Gründen auf alle Seiten unserer heutigen Ausgabe verteilt und bitten wir unsere geschätzten Leser dies besonders beachten zu wollen.

Zu finden sind dann unter anderen die folgenden Anzeigen: Das Polster- und Tapezier-Geschäft Jakob Jung in der Kirchstraße 4 wirbt für Tischlinoleum, Tapeten und Kokos-Matten. Ferner vorrätig sind Gardinen-Zubehörteile, Patent-Matratzen und Chaiselongues in prima Ausfertigung. In der Hauptstraße 30 zeigt sich G. Hedwig Witwe als ein besonders vielseitiger Laden. Denn hier gibt es nicht nur Zigarren/Zigaretten/Tabak, sondern auch Herren-Filzhüte für 2,95 Rm., Deutsche Haarhüte für 16,50 und Selbstbinder „darunter reine Seide, letzte Neuheiten" für nur 0.95 Reichsmark. Ohne Nennung von Preisen preist Jean Alter seine Heiz- und Kochapparate, elektrischen Bügeleisen, Heizkissen und Zigarrenanzünder an. Und Johann Gottschalk in der Gerichtstraße 13, Fernruf 16, empfiehlt „Prima Mast-Gänse, und -Enten sowie sämtliches anderes Geflügel und Hasen zum billigsten Tagespreise". Jacob Dinges aber, Seilerbahnweg 1, Fernruf Nr. 92, stellt ganz objektiv fest: „Das passendste Weihnachtsgeschenk für Familie und Handwerker ist eine deutsche Nähmaschine. Dürrkopp die beste Marke, sowohl versenkbar wie stabil, und in allen Ausstattungen, stets auf Lager und sofort lieferbar."

Für Weihnachten!

empfehle

Apfelsinen, Orangen, Feigen, Aepfel, Nüsse usw.

Frische Gemüse

Eier / Butter / Käse.

Prima Mast-Gänse und -Enten

sowie sämtliches anderes

Geflügel und Hasen

zum billigsten Tagespreise.

Bestellungen möglichst frühzeitig erbeten!

Joh. Gottschalk, Königstein

Gerichtsstraße 13 / Fernruf 16

Großer Weihnachts-Verkauf!

Herren-Filzhüte (Wolle) 9.50 8.50 4.75 2.95
Deutsche Haarhüte 16.50
Wiener Haarhüte 16.50
Ital. Haarhüte „Vittoria" sehr billig 19.50
v. Premiato Cappellificio Marca depositata, Canova & Co., Biella
Mützen „Frang" ges. gesch., aparte Neuheiten 5.50 3.65 2.95 1.95 0.95
Herren-Handschuhe Trikot, Wolle, Nappa 8.25 5,90 2.95 2.65 1.95
Selbstbinder darunter reine Seide, letzte Neuheiten 2,50 2.25 1.20 0.95
Hosenträger 3.90 2.50 2.00 1,65 1.50 0.95
Socken reine Wolle 4.75 4.15 3.45 3.15 2,75 2.20 1.60
Sportstrümpfe 9.25 6.50 4.50
Sportstutzen 5.95 5.45 4.65 4.50 1.80
Herren-Pullover u. Westen / Herren-Gamaschen mit Ledereinfaß

*

Zigarren / Zigaretten / Tabak

*

G. HEDWIG Wwe.

Hauptstr. 30 **Königstein I. T.** Hauptstr. 30

Weihnachten

passende Geschenke:

Kronen, Zuglampen,
Seidenschirme in jeder Größe
Stehlampen und Taschenlampen
Heiz- und Kochapparate
Elektr. Bügeleisen, Heizkissen, Zigarrenanzünder
zu billigen Tagespreisen

JEAN ALTER
Königstein im Taunus.

Ein stets willkommenes und nützliches

Weihnachts-Geschenk

sind

Schuhe

jeder Art.

Als besonders geeignet empfehle hierzu:
Morgenschuhe in aparten Farben.
Kamelhaarschuhe in allen Größen und vielen Ausführungen.
Sehr praktisch sind:
Schnür- und Schnallenstiefel
mit Lederbesatz für Damen und Herren.
Tanzschuhe, Gummischuhe, Schulstiefel, Tourenstiefel u. Gamaschen.
Gleichzeitig bringe ich mein großes Lager in
Salamander-Schuhen
in empfehlende Erinnerung.
Aufmerksame Bedienung, billigste Preise.

Schuhhaus
Georg Kowalt
Königstein, Hauptstr. 17.

HOFHEIM

Mit wenig Geldaufwand etwas Gutes kaufen, was über den Alltag hinausgeht und Kümmernisse vergessen läßt, was Augen wieder leuchten und das Herz singen macht, diesen Wunsch haben auch Sie vielleicht oft. Kaufen Sie sich dann eine gute Flasche Pott-Rum, dieselbe verschafft Ihnen eine ausgezeichnete Gemütslage und hinterläßt anderntags keinen Katzenjammer. Schließen Sie Freundschaft mit ihm, machen Sie sich diesen gebändigten Tropengeist dienstbar. Er weiß Seele und Herz zu erfreuen und Sie fühlen sich wieder frisch und froh, rüstig zu neuem Werke. Bewährte Grogrezepte des alten Kapitäns Pott werden jeder Flasche gratis beigefügt. Ganze Flasche 3.80 und 4.50 Reichsmark, halbe 1.90 und 2.40 Rm. Original Jamaika-Rum in allen Stärken bis 75 Prozent vorrätig bei „Feinkost-Petry" am Bahnhof.

Anzeige aus Hofheimer Zeitung vom 17. Dezember 1927

HOMBURG

Weihnachts-Confect

In großer und schöner Auswahl, ist von heute an bei mir ausgestellt und lade zu recht zahlreichem Besuch freundlichst ein. Zugleich empfehle ich mich für bevorstehende Feiertage im Fertigen aller Art von Bäckereien, sowie auch meine feinen und wohlschmeckenden Chocoladen und Punsch-Essenzen eigner Fabrik in empfehlende Erinnerung bringe.

Franz Stroh, Conditor
Waisenhausplatz

Der Taunusbote vom 14. Dezember 1862

HOMBURG

Passende Weihnachts-Geschenke

Beim Herannahen des Weihnachtsfestes versäume ich nicht, ein hochverehrtes Publikum auf meinen

Ausverkauf von Gold- und Silber-Waaren

aufmerksam zu machen und bitte um geneigten Zuspruch unter Zusicherung der möglichst billigen Preise.
Homburg v. d. Höhe, den 9. December 1865
M. Seifert Wittwe.
Eck des Waisenhausplatzes und der Armengasse Nr. 2

Der Taunusbote vom 18. Dezember 1864

Weihnachts-Feier des Turnvereins

Der Turnverein veranstaltet auch in diesem Jahre für seine Mitglieder und deren Freunde eine gemeinsame Weihnachtsfeier. Dieselbe findet am ersten Feiertag, Abends 8 Uhr, im Sauer'schen Saalbau statt. Saalöffnung halb 8 Uhr.

Nichtmitglieder können nur Zutritt haben, wenn sie von einem Mitglied bei dem Vorstande angemeldet und eingeführt werden.

Die Enthüllung des Weihnachtsbaumes wird mit einer kleinen theatralischen Aufführung verbunden sein. Darauf Bescheerung durch Ausloosung der Weihnachtsgeschenke, Versteigerung des Baumes, gesellige Unterhaltung, Vorträge etc.

Die für die gegenseitige Bescheerung bestimmten Gegenstände sind bis zum Mittag des ersten Feiertages bei dem Vorstandsmitgliede Glasermeister Louis Scheerer, Schloßgasse, abzugeben. Jeder Gegenstand von über 36 kr. Werth berechtigt zum Empfange eines Looses zur Bescheerung.

Der Vorstand

Taunus-Bote vom 22. Dezember 1872

HOFHEIM

Wette gewonnen

Die Wette gewonnen habe ich jedesmal, wenn ich meinen Abtei-Likör und daneben den französ. Benediktiner von Kennern probieren ließ. Keiner vermochte bisher, weder mit verbundenen, noch offenen Augen beide Fabrikate voneinander zu unterscheiden. Ebenso gut kann man auch auf Chartäuser wetten. Überhaupt alle aus Reichel-Essenzen selbst hergestellten Liköre sind so zu werten. Sie bestehen im Vergleich mit den teuersten Marken jede Probe. Erhältlich in der Marien-Drogerie-Hofheim

Anzeige aus Hofheimer Zeitung vom 21. Dezember 1927

EDDERSHEIM

Gänsemarsch

Weihnachtsgänse beleben zu Hunderten das Mainufer, das für sie in den letzten Wochen mit seinem Gras und seinen Tümpeln ein Paradies bedeutete. Nur wenige Tage ist es den meisten der Tiere noch vergönnt, in ihrem Paradies zu weilen, dann aber wandern sie in den großen Bräter.

Höchster Kreisblatt vom 18. Dezember 1954

Rezept für Graupenkuchen

aus dem Kriegsjahr 1943

Man nehme 250 g gemahlene Graupen, 250 g Mehl, 125 g Zucker, 250 g Kunsthonig, Sirup oder Marmelade, ⅛ Liter Magermilch, Bittermandelöl und 2 Päckchen Backpulver.

Honig oder Marmelade mit dem Zucker (darf auch etwas weniger sein) schaumig rühren, dann Milch, Graupen und Mehl nach und nach unterrühren. Zuletzt das Backpulver zugeben. Der Kuchen wird bei mittlerer Hitze gebacken (da 1 ½ Stunden).

Weihnachtsbeihilfe an Fürsorgeunterstützungsempfänger und Minderbemittelte

Der Kreistag hat in seiner Sitzung vom 25.11.1948 die Gewährung einer Weihnachtsbeihilfe an hilfsbedürftige Personen beschlossen mit der Maßgabe, daß alle Städte und Gemeinden des Kreises sich in gleicher Höhe daran beteiligen. Der vom Kreis zur Verfügung gestellte Betrag beläuft sich auf 15.000 DM.

Für die Weihnachtsbeihilfe kommen alle Personen in Betracht, die laufend aus öffentlichen Mitteln unterstützt werden, sowie alle sonstigen minderbemittelten Personen, deren Einkommen die nachstehend genannten Sätze nicht überschreiten. Hierunter fallen neben Rentenempfängern in der Hauptsache auch Lohnempfänger, die als Hilfsarbeiter oder ungelernte Kräfte tätig sind.

Die Sätze für Minderbemittelte sind:

Für Alleinstehende: Einkommen bis	60	DM
Parteien mit 2 Personen, Einkommen bis	80	DM
Parteien mit 3 Personen, Einkommen bis	105	DM
Parteien mit 4 Personen, Einkommen bis	125	DM
Parteien mit 5 Personen, Einkommen bis	145	DM

Die Sätze, die zur Auszahlung kommen, betragen

Für Alleinstehende	5 DM
Für 2 Personen	8 DM
Für 3 Personen	11 DM
Für 4 Personen	14 DM
Für 5 Personen	17 DM

Amtliches Kreisblatt für den Obertaunuskreis,
Herausgegeben von dem Landrat des Obertaunuskreises, vom 4. Dezember 1948

HOFHEIM

Freudige Nachricht für Hofheimer Familien: Alle beschlagnahmten Wohnhäuser freigegeben

Große Freude löste in Hofheim am Heiligen Abend der Briefträger aus. Brachte er doch zwanzig Hofheimer Familien die Nachricht, daß ihre beschlagnahmten Häuser freigegeben wurden.

In einem Schreiben des Besatzungskostenamtes heißt es unter dem Aktenzeichen BKA 501 – AX3452 unter anderem: „Die Verhandlungen des Herrn Ministers der Finanzen mit dem Oberkommando der amerikanische Luftwaffe in Wiesbaden ergaben, daß nach Fertigstellung der im Bau befindlichen und für die Angehörigen der amerikanischen Streitkräfte bestimmten Austauschwohnungen die beschlagnahmten Wohnhäuser vordringlichst freigegeben werden. Die Verhandlungen über diese Freigabe sind nunmehr abgeschlossen.

So wurden mit Schreiben vom 21. Dezember auch die letzten 20 beschlagnahmten Privat-Wohnhäuser in Hofheim in der Schillerstraße und den angrenzenden Wohnvierteln freigegeben. Die Nachricht, die am Heiligen Abend eintraf, löste besonders große Freude aus. Da die Austauschwohnungen in Wiesbaden spätestens im Frühjahr 1955 bezugsfertig sind, kann zum gleichen Termin auch in Hofheim mit der Rückgabe der Häuser gerechnet werden.

Während im ersten Freigabeabschnitt 52 Wohnhäuser betroffen wurden, sind es diesmal die restlichen 20 Häuser, die im Juni 1945 innerhalb weniger Minuten geräumt werden mußten. Möbel, Wäsche und alles übrige Eigentum mußte in den Wohnungen bleiben. Ein großer Teil ist inzwischen verschwunden oder aber stark beschädigt und verwohnt. Die rechtmäßigen Eigentümer sind Rentner oder Pensionäre, die nun hierdurch besonders hart betroffen werden. Zwanzig Hausbesitzer konnten diese Nachricht nicht mehr erleben, da sie durch Gram und Kummer oder durch Krankheiten, die sie sich in den primitiven Notunterkünften zugezogen hatten, inzwischen gestorben sind.

Höchster Kreisblatt vom 27. Dezember 1954

NEU-ANSPACH-WESTERFELD

Weihnachten in einer kleinbäuerlichen Familie

VON ELSE WAGNER

Vom ersten Advent an hatte man schon Vorfreude und wundersame Gefühle auf das Weihnachtsfest. Großmutter und Mutter taten recht geheimnisvoll. Plätzchen wurden gebacken, da durfte ich helfen und tat es mit großem Eifer. Die gebackenen Leckereien wurden dann von der Mutter gut versteckt, denn sonst hätten Papa, meine Schwester und ich schon vor Weihnachten alles aufgegessen. Wir haben gesucht, sind dem wunderbaren Geruch nachgegangen und haben doch nichts gefunden. Mutter hat dabei nur gelächelt. Diese vier Wochen vor dem Fest sind für mich voll von wunderbaren Erinnerungen.

Am Heiligen Abend war es dann so wunderschön mit dem geschmückten Lichterbaum, und die ganze Familie war in guter Laune, schöne Weihnachtslieder singend um den Baum herum, zusammen. Die Geschenke wurden fast allesamt, aus finanziellen Gründen bedingt, selbst hergestellt. Ich bekam eine Puppe, die Mutter selbst genäht hatte, und nur der Kopf war gekauft. Die Puppe war für mich so schön, dass sie mich durch meine gesamte Kindheit begleitet hat. So wurde auch für jedes Mitglied der Familie bis fast zum letzten Tag vor Weihnachten noch fleißig gestrickt, gestickt, gehäkelt oder genäht.

14 Tage vor Weihnachten wurde zuhause stets ein Schwein geschlachtet, damit man an den Feiertagen zum Mittagessen frische Koteletts hatte, und dies war immer ein regelrechter Schmaus, denn Koteletts gab es bei uns stets nur zu Weihnachten.

Am ersten Feiertag früh im Kuhstall bekam das Vieh auch eine extra Portion Kraftfutter zu fressen, damit, wie Vater sagte, die Tiere auch wüssten, dass heute Weihnachten sei. Am ersten Feiertag ging die Familie dann zum Gottesdienst in die Kirche, und meine ältere Schwester und ich mussten zuhause bleiben und kochen. Auch dies war für mich immer ein besonderes Erlebnis in der Kinder- und Jugendzeit. Wir Kinder gingen erst am zweiten Feiertag zum Gottesdienst. Schnee lag in früheren Jahren oft an Weihnachten.

Später (um 1938), als meine Schwester bereits verheiratet war, sind meine Eltern und ich jedes Jahr am Heiligen Abend gegen 19 Uhr nach dem 3 km entfernten Westerfeld gelaufen, wo meine Schwester mit dem Mann und den Kindern wohnte. Es war für uns alle eine große Freude. Mutter saß dick vermummt auf dem Schlitten, den Vater und ich gemeinsam zogen. Wenn wir dann in der Heiligen Nacht zwischen 23 und 24 Uhr heimwärts marschierten, im Dorf noch hinter vielen Fenstern die Kerzen der Weihnachtsbäume brannten und das Licht durch die Fensterscheiben schimmerte, so war dies für uns so, als ob der liebe Gott vom Himmel heruntergekommen wäre, ein feierliches Gefühl.

Aus: Eugen Ernst, „Winterleid - Winterfreud' - Weihnachtszeit!"
Erzählungen aus Neu-Anspach und dem Hochtaunus, Usingen 2015

Rudolf Arzt
Hammerwerk im Winter
Hessisches Freilichtmuseum
Aquarell 1985

Ein Missgeschick mit einem Wörtchen

Zum hundertjährigen Bestehen der Katholischen Pfarrgemeinde und zum hundertsten Geburtstag der Pfarrkirche von Sankt Marien erschien 1994 eine informative Schrift. Sie enthält auch ein Kapitel über „Paketsendungen und Dienste für die Kriegsvorsorge im 1. Weltkrieg". Bei der Arbeit an diesem Abschnitt stieß die Arbeitsgemeinschaft Geschichte der Humboldtschule Bad Homburg im Pfarrarchiv auf einen Brief, den vermutlich der damalige Pfarrer wahrscheinlich im Kriegsjahr 1917 geschrieben hatte: „Ein Antwortschreiben ist allerdings nicht aufzufinden. Vielleicht wurde der in schöner Schrift verfaßte Brief auch niemals abgeschickt, oder er wurde wegen des Schreibfehlers beim letzten Wort nochmals geschrieben." Interessant ist die sprachliche Demutshaltung, in der sich der Pfarrer vor hundert Jahren der Kaiserin Auguste-Viktoria nähert, der Frau Kaiser Wilhelms II. Diese Auguste Viktoria Friederike Luise Feodora Jenny von Schleswig-Holstein-Sonderburg-Augustenburg (1858 – 1921) war von 1888 bis 1918 Deutsche Kaiserin und Königin von Preußen.

Allerdurchlauchtigste, Großmächtigste Kaiserin und Königin,
Allergnädigste Kaiserin, Königin, und Frau!

Vertrauend auf Euer Majestät allergnädigstes Interesse und landesmütterliche Fürsorge für das Wohl aller Landeskinder naht sich die katholische Armenfürsorge der Stadt Bad Homburg mit einer untertänigsten Bitte dem Thron Eurer Majestät.

Wir haben, soviel in unseren Kräften stand, durch Kirchenkollekten, Privatsammlungen und anderen Veranstaltungen Gaben gesammelt, um so manche Not steuern zu können. Durch wöchentlichen persönlichen Besuch sind die Damen der Armenfürsorge bestrebt, ermutigend, helfend und tröstend auf die Armen in dieser schweren Zeit einzuwirken. Die Bedürfnisse aber werden größer, während die Gaben spärlicher fließen. Und doch gilt es gerade jetzt materiell und psychisch der ärmeren Bevölkerung über das Schwere der Zeit hinwegzuhelfen. Diese Nöte der Zeit veranlassen uns, Ew. Majestät allbekannte Herzensgüte und Mildtätigkeit aber ermutigen uns zu der untertänigsten Bitte, auch der katholischen Armenfürsorge von Bad Homburg Ew. Majestät allergnädigstes Wohlwollen zuwenden zu wollen, damit dieselbe imstande ist, auch ferner die Werke der christlichen Caritas an den Armen unserer Stadt auszuüben.

In tiefster Ehrfurcht verharre ich Eurer Kaiserlichen und Königlichen Majestät allertänigster...

Aus: „Sankt Marien in Bad Homburg vor der Höhe", herausgegeben von der Katholischen Pfarrgemeinde St. Marien. V.i.S.d.P. Norbert Leber, Pfarrer, Schriftleitung Ulrich Hummel, Bad Homburg 1994. Mitglieder der Arbeitsgemeinschaft Geschichte der Humboldtschule waren Christof Bode, Maike Keilholz, Iris Waas, Nicola Wagener,Christofer Schäfer, Andrea von Lucke, Bernhard Zahn aus der Jahrgangsstufe 11; Kristina Jostock, Yasmine Mieheim, Katharina Storck aus der Jahrgangsstufe 10; Leitung: Ulrich Hummel

Keine Urlaubsreisen zum Fest

Die kriegswichtigen Aufgaben der Deutschen Reichsbahn ermöglichen auch während der Weihnachtszeit keine wesentliche Lockerung der Verkehrseinschränkungen. Die Versorgung der Wehrmacht und die Beförderung der Soldaten sind wichtiger als die Erfüllung privater Wünsche. Reisepläne müssen daher in der Weihnachtszeit zurückgestellt und auf eine Zeit verschoben werden, in der die Verkehrsmittel nicht so stark belastet sind wie an den Festtagen. Von den Betriebsführern wird, wie in einem Aufruf des Reichsarbeitsministers betont wird, erwartet, daß sie Urlaubs- und Familienheimfahrten nicht gerade in die Weihnachtszeit legen. Eine Ausnahme gilt nur dann, wenn es der Reichsbahn möglich ist, für die heimfahrenden Arbeiter und Angestellten Sonderzüge zur Verfügung zu stellen. In allen übrigen Fällen sollen Urlaubsreisen oder Familienheimfahrten in der Zeit vom 20.12. bis 4.1.1942 nicht stattfinden.

Dieses Opfer ist nur klein im Vergleich zu den Opfern unserer Soldaten. Millionen von ihnen sind an den Festtagen fern von ihrer Familie und erfüllen weiter ihre schwere Pflicht. Pflicht der Heimat ist es, an diesen Tagen die Reichsbahn für den Transport kriegs- und lebenswichtiger Güter freizuhalten und für Urlaubsreisen der Soldaten, die nach Monaten schwersten Kampfes nur wenige Tage in der Heimat verbringen können.

Taunus-Anzeiger, 1. Dezember 1941

Die Weihnachtsgans, oder der alte Micoll hatte recht!

Weihnachten ist für die Menschheit das Fest der Freude, aber für die Gänse kann man die Tage vor Weihnachten nur als „schwarze Tage" bezeichnen, denn Hunderttausende dieses beliebten Federviehes müssen da ihr Leben lassen, um die Weihnachtsfreude der Menschen zu erhöhen. Auch in Oberursel gab es zu der Zeit, wo unser Geschichtchen spielte, und in dem bis zur Mündung klaren Urselbach sich die Forelle tummelte, ganze Herden von Mastgänsen. Besonders die Mühlenbesitzer hielten davon eine große Zahl.

So war es auch in der Micoll'schen Mühle an der Oberhöchstadter Straße und der Händler H. aus Bockenheim, der kurz vor Weihnachten dorthin kam, um ein Geschäft abzuschließen, wunderte sich auch gar nicht, als er auf dem Tisch in der Küche eine schwere fette Gans liegen sah. Schwer und fett war sie, das mußte auch der Neid ihr lassen, nur, daß sie schon vierzehn Ostern entgegen geschnattert hatte, sah man ihr wirklich nicht an. Sie hatte ja in der Mühle auch nur noch als Inventurstück gegolten und war durch einen Unfall aus dem Leben geschieden.

„E schee Gänsi", meinte der Händler, „deß wier e Weihnochtsbroote fier mei Fraa!" Der Müller Micoll, ein bekanntes Oberurseler Original und auch ein großer Spötter, zuckte die Schultern: „Gänsbroote! Mir hatte in der letzte Zeit su oft davoo, daß mer'n wirklich dick howwe!" Hier fiel ihm der Händler ins Wort: „Gewwe se mier, sche, ich bezoahl se Ihne gut un mache meiner Fraa en gruße Spaß met."

Das war „Wasser auf Micolls Mühle"; über den Preis waren sie schnell einig. Beim Einpacken fühlte der Händler nochmals schmunzelnd – jetzt seine Weihnachtsgans und fragte: „Sie ist doch sicheraach recht zoart?"

„Zoart“, meinte Micoll, „wann ihr die verdrickt, denkt ihr ganz bestimmt oon mich!“ Mit den besten Wünschen zum Weihnachtsfest und zum Gansessen zog der Händler ab.

Kurze Zeit nach Weihnachten kam er wieder nach Oberursel und sein erster Gang war in die Mühle. „Micoll! Micoll, woß woar met dere Gans los? Mer howwe se gebroate, awwer je länger se gebroate hot, desto zäher un härter eß se woarn. Deß m'r Ihne nix gutes gewünscht howwe, könne Se sich denke!“

„No ja“, meinte Micoll, „ich hob Ihnen doch schon beim Kauf gesogt: „Wann ihr die verdrickt, denkt ihr ganz bestimmt onn mich! No un – hatt ich net recht gehobbt?“

Taunus-Anzeiger vom 21. Dezember 1939, Originalüberschrift

MUSIKALISCHER FAMILIENABEND

Akkordeonorchester Hofheim

Die kleinen Dinge, die am Rande zu liegen scheinen, sind die, die einer Veranstaltung erst den tieferen Gehalt geben. Das zeigte der Familienabend im historischen Gasthaus „Zum Landsberg“ in Hofheim, bei dem auch Bürgermeister Schwichtenberg und seine Gattin gleich mitten in die Gemeinschaft hineingezogen wurden. Da standen liebevoll geschmückte Tannenzweige auf dem Tisch, zwischen denen Nikolausköpfe aus blanken Äpfeln hervorschauten. Vorsitzender Weißenbach sorgte wie ein Familienvater, auf daß jeder einmal zu Worte kam. Arno Becker streute mit einer Weihnachtsbotschaft ernste Worte des Nachdenkens ein.

Den Weihnachtsliedern des kleinen Orchesters ließ sein Dirigent, Musiklehrer Josef Dieser aus Flörsheim eine Orgelimprovisation und andere solistische Darbietungen folgen, und mit der Solistin Erna Scheibe spielte er seine eigene Komposition „Heiterkeit“. Albert Gröning und Günther Poweis vereinten sich zum Akkordeonduo und brachten weihnachtliche Lieder. Als ausgezeichnete Pianistin erwies sich Diethild Kyritz. Fritz Hamel stand ihr nicht nach.

Inmitten der Festesfreude klopfte der Nikolaus an der Tür und trat mit zwei Engelchen in den Saal. Für jeden hatte er einen Spruch und ein Geschenk. Reicher Lohn des himmlischen Boten wurde Dirigent Josef Dieser zuteil und Frau Schwichtenberg konnte aus der Hand des heiligen Mannes ihr erstes Geschenk in Hofheim entgegennehmen.

Höchster Kreisblatt vom 14. Dezember 1953

Was Homburg vor Weihnachten 1866 so alles zu bieten hat

Bietet der Winteraufenthalt in unserer Stadt auch nicht dieselbe Annehmlichkeit welche für diese Jahreszeit die im Schmucke dauernden Frühlings prangenden Orte Nizza, Monaco etc. an den Gestaden des Mittelmeeres bieten können, so fehlt es doch in der minder schönen Jahreszeit auch hier nicht an Unterhaltung und Genüssen mancherlei Art. Da steht in erster Reihe das Theater, wöchentlich zweimal der Sammelpunkt der eleganten Welt des fremden und einheimischen Publikums. Die Abend-Concerte im Kurhaus, ausgeführt von unserer so vorzüglichen Capelle unter Leitung ihres wackeren Directors Hr. Garbe, insbesondere aber die Aufführungen classischer Musik, Symphonien etc. finden stets ein gewähltes, für den höheren Kunstgenuß dankbares Publikum. Die überaus reich ausgestatteten Lesezimmer im Kurhaus, mit etwa 80 Zeitschriften, wovon ungefähr die Hälfte in deutscher Sprache, ist eine ebenfalls nicht geringe anzuschlagende Annehmlichkeit. An die Lesezimmer grenzt der Spielsaal, der aber dermalen nur für kleinere Kreise geöffnet ist. Wenn auch im Laufe des Jahres Tausende von Fremden hierherkommen, welche diese Räume nie, und Abertausende, welche sie nur als Neugierige besuchen, so bietet doch der grüne Tisch für einen nicht so kleinen Theil der Bäderbesucher eine Unterhaltung, ein Vergnügen, das sie so wenig oder noch weniger missen mögen, als manch Anderer sein gewohntes allabendliches „Spielchen“ in seinem Stammwirthshaus.

Eine andere noble Passion, das edle Waidwerk, ruft seinen Liebhaber aus der warmen Stube hinaus, von dem bequemen Lotterbette hinweg in den frosterstarrten Wald, auf die sturmumbrausten Berge, in die eis- und schneegefüllten Schluchten des Taunus. Und unsere Waldungen sind überaus reich an Wild. Das Schießen und Treffen macht aber nicht allein „Pläsir“, sondern wir hören auch von den gemüthlichen Zusammenkünften und fröhlichen Gastereien, welche da in dem reizenden Jagdschloss auf dem Grauenberg, dem Försterhaus an der Saalburg oder sonstwo stattfinden.

Alles dies und manches andere noch bietet die Direction und Administration des Kurhauses den Gästen unserer Stadt. Bietet aber die Stadt selbst nichts? O doch! Sind auch die werthvolleren Sammlungen, die vordem die Besucher unserer Stadt hier fanden, durch unseren vormaligen Landesherrn uns entführt worden (man sagt und es ist diese Sage unerwidert geblieben, daß diese Wegführung sogar gegen früher ausdrücklich eingegangene Verpflichtung geschehen), so bleibt doch unserer Stadt noch manch anderer Reiz. Die Gesangs- und geselligen Vereine Homburgs haben mit ihren Kränzchen und Abendunterhaltungen begonnen, wozu der Fremde leicht Zutritt sich verschaffen kann und wo er im Kreise heiterer und anspruchsloser Menschen sich bestens vergnügen wird.

Unsere Gasthöfe aber, durchgehend äußerst elegant und comfortable eingerichtet, in Küche und Keller tadellos, so wie die große, ja vielleicht zu große Anzahl der zur Verfügung stehenden Privatwohnungen laden noch besonders zum Besuche ein.

Der Taunusbote vom 16. Dezember 1866

DORNHOLZHAUSEN

Tanzmusik

Am zweiten Weihnachts-Feiertage so wie am Neujahrstage, ist gutbesetzte Tanzmusik in meinem Saale anzutreffen, wozu ich meine verehrten Freunde und Gönner ganz ergebenst einlade. Für gute Speisen und Getränke wird bestens gesorgt sein.

Friedrich Ph. Scheller

Aus: Taunusbote vom 18. Dezember 1862

Anekdoten eines alten Orschelers

Es war Anfang der 30er Jahre. Ich kann mich noch sehr an die Zeit erinnern, als ein allzeit bekanntes „Orscheler Original“ zwischen Schützenhof und Allee einen Verkaufsstand für Weihnachtsbäume eröffnete. Heute gesehen, lag er ungefähr Obere Allee und Ausfahrt Parkplatz Tengelmann. Eine Werbung im heutigen Sinn gab es damals noch nicht, und deshalb wurde ein Werbespruch mit schwarzer Farbe auf eine weiße Pappscheibe geschrieben und in der Vorstadt und auf dem Marktplatz aufgestellt. Er lautete:

Willst du einen Christbaum kaufen
Mußt du nur zum Phillip laufen.
Am Schützenhof da ist sein Stand,
Dort kannst du kaufen allerhand.
Große-kleine, kräftig und stark
Von 50 Pfennig bis 5 Mark.
Beziehst du Wohlfahrt von der Stadt,
Gibt dir der Phillip noch Rabatt.
Drum zög're nicht und sei gescheit,
Kauf dir ein Baum zur Weihnachtszeit.

Alte Oberurseler werden beim Lesen sofort merken, um welchen alten Oberurseler Austräßer es sich hier handelt. Übrigens: Bis Heiligabend waren alle Christbäume verkauft, und sollten wirklich einmal welche übrig geblieben sein, so wurden sie an arme Leute verschenkt.

Oberurseler Woche vom 13. Dezember 1996

Konzert des Männergesangvereins

Am 2. Weihnachtsfeiertag hielt der Männergesangverein „Hoffnung“ unter Leitung des Herrn Lehrer Schmidt sein diesjähriges Konzert mit Ball im vollbesetzten Saale zum „Deutschen Kaiser“ ab. Was die Leistungen und Schulung des Vereins anbelangt, so konnte man nur feststellen, daß der Verein abermals weitere große Fortschritte gemacht hat und daß er allen Anforderungen, die an einen ernst zu nehmenden Verein gestellt werden, in jeder Beziehung vollauf entspricht. Von den Chören, welche alle tadellos zu Gehör gebracht wurden, mußten „Die Leipziger Völkerschlacht“ und „Der Vogel pfiff mir was“, welche Nummern besonders gut gefielen, am Abend wiederholt werden. Um das gute Gelingen des lustigen Terzetts „Die Bürgschaft“ (Parodie frei nach Schiller) und des Theaterstücks „‘s Lieserl“, sowie verschiedener Bariton-Vorträge machten sich ganz besonders verdient Frl. Windecker, sowie die Mitglieder Kunz, Epp, Kümmel, Raab, Fritz und Gauf. Am Abend fand der Ball mit Christbaumverlosung und Tombola statt, und da konnte man ebenfalls sehen, daß der größte Teil der hiesigen Einwohnerschaft auf Seiten des Männergesangsvereins „Hoffnung“ steht. Leider mußte mit der Gemütlichkeit und Geselligkeit etwas vorzeitig abgebrochen werden, weil der Verein zu allgemeiner Ueberraschung die Verfügung bekommen hatte, die Tanzmusik um 2 Uhr zu beenden. So mußten sich denn die Besucher zufrieden geben und sich früher als gewollt, auf den Heimweg machen, allerdings mit dem Bewußtsein, einige recht vergnügte Stunden im Männergesangverein „Hoffnung“ verlebt zu haben.

Höchster Kreisblatt vom 29. Dezember 1913

„In ihnen liegt unsere Hoffnung"

Mrs. McCloy im Homburger Kinderheim

Vom 2. September 1949 bis zum 1. August 1952 war der Bankier und Politiker John Jay McCloy Hoher Kommissar der Vereinigten Staaten von Amerika in Deutschland. Die Hohen Kommissare waren die obersten Vertreter der westlichen Siegerländer England, Frankreich und USA. Sie amtierten bis zum Ende des Besatzungsstatuts am 5. Mai 1955. McCloy residierte in Bonn, Berlin und Bad Homburg. Das Haus in der Bad Homburger Herderstraße 9, in der zuvor schon General Dwight D. Eisenhower gewohnt hatte, bekam von Frau McCloy den Namen „Haus im Walde". Ende November 1949 besuchte sie in ihrem Wohnort im Taunus ein Kinderheim, „Der Taunusbote" berichtete darüber.

Immer wieder wird man von der warmen Mütterlichkeit dieser Frau besiegt, die uns im Sprechzimmer des Kinderheims gegenüber sitzt. Sie erzählt von ihrer Arbeit, von den täglich 50 – 60 Briefen und den vielen Bitten, die in ihnen an sie herangetragen werden. Sie berichtet von ihren drei Haushaltungen in Bad Homburg, Bonn und Berlin, die viel Unruhe in ihr tätiges Leben tragen. Trotzdem hat sie für all unsere Sorgen Verständnis. „Das Wichtigste ist, daß wir einander verstehen und begreifen lernen. Die Deutschen sollen davon überzeugt sein, daß wir ihnen freundlich gegenüberstehen, und auch wir wissen, daß die Deutschen gut in ihren Herzen sind. Negativ veranlagte Menschen gibt es bei allen Völkern, aber wenn nur ein Teil von ihnen das Gute will, dann kommen wir weiter. Das Wichtigste ist, daß die Bitterkeit der Herzen erlischt."

Mrs. McCloys Tag ist mehr als ausgefüllt. Auch das Nürnberger Kinderheim wartet auf ihren Besuch. Aber sie widmet ihn zunächst dem unserer kleinen Stadt, und das ist viel. Hausvater und Hausmutter Schulz zeigen ihr nun das gesamte Heim. Im Tagesraum der Buben herrscht Hochbetrieb. „Wie alt bist du?“, fragt Mrs. McCloy einen Blondkopf, der mit einer Eisenbahn spielt. „Zwölf“, kommt die Antwort. „Wie meiner“, sagt sie und nimmt lebhaften Anteil daran, eine Eisenbahnkatastrophe im kleinen zu verhüten. „Du mußt die Lokomotive mit einem Stein beladen, sonst entgleist sie“, meint sie als fachkundige Bubenmutter. In einer Ecke spielt man Karten. „Wer die höchste Punktzahl hat, gewinnt“, läßt sie sich erklären und freut sich auch über ein Tischballspiel und einen im Zimmer herumsausenden Omnibus „Made in USA“.

Dann geht's in die Nähstube, wo sämtliche Puppen gerade vom Christkind neu eingekleidet werden. „Was hat sie für ein liebes Gesicht“, meint Mrs. McCloy zu einem freundlichen, bunten Püppchen, um gleich darauf, aufs Fenster deutend, festzustellen: „Ich habe immer so gern, wie ihr Deutschen Eure Vorhänge rafft. Das tun wir nie in Amerika, aber ich finde es so hübsch.“ In den Schlafsälen begeistert sie sich an der Sauberkeit der Räume, den blau-weißen Buben- und den grünweißen Mädchenbetten. Zahngläser und Zahnbürsten stehen in Reih und Glied auf den hellen Simsen. „Das müßten meine Kinder mal sehen“, meint Mrs. McCloy voller Anerkennung. Im Mädchenraum wird rund um den Adventskranz gespielt. Doris, das fünfjährige Nesthäkchen, hat heute Geburtstag. Mrs. McCloy streichelt manches kleine Köpfchen. „Wie meine Eileen“, meint sie zu einem kleinen Mädchen. Und nun singen sie zu ihrer großen Freude ein Lied.

„In der Welt ist's dunkel,
leuchten müssen wir,
Du in Deiner Ecke,
ich in meiner hier.“

klingt es aus den kleinen Kehlen.

Im Krankenzimmer liegt die kleine Malve. Sie schläft trotz des Besuches tief und fest weiter. Im Speisesaal will Mrs. McCloy ganz genau wissen, was die Kinder essen. „Sie sehen alle sehr gut aus", stellt sie anerkennend fest. In der Küche ist man am Plätzchenbacken für Weihnachten. Alles wird noch eingehend besichtigt: Der Spülraum, das Bad, der Hof. „Alles ist so schön rein", meint Mrs. McCloy, und fährt fort: „Ich bewundere, was Sie hier tun. Ich habe kein einziges unglückliches Gesicht gesehen. Alle sehen so gut aus. In den Kindern liegt unsere ganze Hoffnung. Darf ich wiederkommen?" Wie gern wird ihr dies zugesagt! Denn, wo sie hinkommt, spürt man Güte, Wärme und die Verständigungsbereitschaft eines großen Herzens.

Der Taunusbote, 28. November 1949, Originalüberschrift

KÖNIGSTEIN

1925 WAR ES AUCH NICHT ANDERS

Es ist eine altbekannte Tatsache, daß selbst Leute, die das Geld zu Hause liegen haben, den Einkauf von Waren und Geschenkartikeln bis auf die letzte Stunde hinauszögern. Diese Beobachtung läßt sich insbesondere im Weihnachtsmonat machen, wo sich in den letzten Tagen und Stunden vor dem Feste das kaufende Publikum in manchen Geschäften nahezu drängt, während noch wenige Tage vorher der normale Verkauf kaum überschritten wurde. Daß eine derartige Zeiteinteilung in mehr als einer Hinsicht unklug und schädigend ist, liegt auf der Hand. Zunächst schädigt sich das kaufende Publikum selbst, denn es ist klar, daß die Auswahl unter den Verkaufsgegenständen und die Bedienung eine weit bessere sein kann, wenn der Verkäufer nur eine oder nur einige wenige Personen zu bedienen hat, als wenn er seine Aufmerksamkeit nach allen Seiten hin richten soll. Das Publikum braucht im ersteren Falle auch nicht lange zu warten und es kann bei Sonderwünschen mit Sicherheit darauf rechnen, dieselben erfüllt zu bekommen, selbst wenn es notwendig sein sollte, das gewünschte Stück erst auswärts zu beschaffen. Das alles fällt naturgemäß weg, wenn der Einkauf erst in den letzten Tagen oder gar erst in den letzten Stunden vor dem Fest vollzogen werden soll. Dazu kommt ferner noch, daß durch die Verzögerung der Einkäufe auf die letzten Tage und Stunden das Personal der Geschäfte in einer Weise überlastet wird, die nach keiner Richtung hin wünschenswert erscheint. Darum möge jeder, der es nur einigermaßen machen kann, in seinem und in des Verkäufers Interesse seine Einkäufe möglichst frühzeitig vor dem Feste erledigen und insbesondere die Vormittagsstunden dazu benutzen, da am Nachmittag und gegen Abend der Verkauf bekanntlich auch in normalen Zeiten viel lebhafter ist. Gute Uebersicht, reichhaltige Auswahl, prompte und aufmerksame Bedienung und Zufriedenheit auf beiden Seiten werden die unmittelbare Folge einer derart klugen Zeiteinteilung sein.

Taunus-Zeitung vom 9. Dezember 1925

Weihnachten am alten landgräflichen Hof

Daß auch schon unter dem ersten Landgrafen Friedrich I. (1622–38) und seiner ihm als Vormünderin seiner Söhne folgenden Wittwe Margarethe Elisabeth, geb. Gräfin von Leiningen-Westerburg (1638–50) Weihnachten in ganz ähnlicher Weise wie heute gefeiert wurde, und die Angehörigen auch wertvolle „Christkindchen" erhielten, zeigen uns die erst neuerdings beachteten, sorgfältig geführten Kammerrechnungen jener Zeit. So finden wir:

„1636: 18 Thaler dem Brunnenmeister Mathes Staude zu Frankfurt, den 17. May uf Befelch (auf Befehl) in Händen gelassen, so er dem goldschmiet, welcher etzliche Christkinds- und Neujahrssachen machen sollte, auf selbige Arbeit geben soll.

16. Oct. 1641: Dem Hoffschneider, so Christkindsachen zu bestellen nach Frankfurt geschickt worden, an mitgehabtem Geld vor Zehrung inbehalten:

27 Thaler dem Goltarbeiter Paglin zu bestellten Christkindsachen zu vergülden am 10. October lt. Befehl bezahlt;

1642: 20 Thal. 14 alb. Auf gn. Befelch mein. Gn. Herrin und Frauen einem Goltschmiet zu Frankfurt nahmens Johann Wilhelm vorbestellte und gelieferte Christkindsachen den 15. Jan. bezahlt;"

In diesen Fällen handelt es sich um Kleider und kostbare Schmuckstücke, die wie immer in Frankfurt gekauft wurden; in Homburg gab es damals wohl kaum schon Juweliergeschäfte. Daß aber auch unter dieser Landgräfin schon 1642 „Guts" gebacken wurde, geht aus folgender Notiz hervor:

„2 Thaler for zwei Dotzend blechene Formen zum Zuckerbacken zu gebrauchen, durch gedachten Bromme (Geschäftsmann in Frankfurt) bestellt, auf den 15. Januar zu Frankfurt bezahlt."

Um Weihnachten wie um Neujahr wurden auch damals wie später die Angestellten des Hofs mit Geld beschenkt.

Leider erfahren wir nichts über die Feier selbst, besonders darüber, ob damals schon ein Christbaum aufgestellt war, der wie wir wissen zum ersten Male im Jahr 1605 in Straßburg erwähnt wird. Das wäre gerade für Homburg doppelt interessant zu wissen, da bisher gerade in unserer Gegend von Weihnachtsbäumen noch nichts bekannt ist, bekanntlich aber auch Nadelholz in unserer Gegend erst zu Ende des 17. Jahrhunderts in unseren Wäldern angepflanzt wurde. Ein Tannenbaum müßte also damals von weither beschafft worden sein.

Taunusbote vom 24. Dezember 1932

HOFHEIM

AUFKLÄRUNG

In der Vorweihnachtszeit des Jahres 1959 läuft im Hofheimer Capitol der Film „Schwarze Nylons – heiße Nächte". Wer aber glaubt, es handele sich um einen Unterhaltungsstreifen, hat nicht die Hofheimer Zeitung vom 16. Dezember des gleichen Jahres gelesen.

Schwarze Nylons – heiße Nächte: Dieser Film zeigt realistisch die Gefahren, denen deutsche Tänzerinnen ausgesetzt sind, die sich durch karriereversprechende Verträge in den Orient locken lassen. In den Hauptrollen dieses spannungsgeladenen Films spielen Susanne Cramer, Kai Fischer und Peter van Eyck.

Wie man in der ersten Hälfte des 20. Jahrhunderts Weihnachten feierte

AUFGEZEICHNET VON MARTHA UND RUDI H. KAETHNER

Wir wollen versuchen, und wir haben das anhand von Tonbandaufnahmen und Erzählungen älterer Menschen unternommen, ein wenig darzustellen, wie vor siebzig, achtzig oder fast neunzig Jahren im Usinger Land Weihnachten gefeiert wurde:

Kindheitserinnerungen der Lisette Herr, geborene Sorg zu Gemünden (Weilrod)

Früher waren es schöne Weihnachten, man freute sich über jede Kleinigkeit. Vor dem Fest kamen die „Bindelträher“ (Bündelträger, Hausierer) aus der Gegend von Wolfenhausen und Laubuseschbach und verkauften eine „extra Sort Woll“; die war billig. Man nannte sie die „Petterwoll“, diese wurde an die Patenjungen verschenkt. Aus Walldürn (in der Nähe von Miltenberg am Main) kamen die „Zuckerplätzischer Leut“ mit zweirädrigen „Kärnschen“. Das Plätzchenbacken war hier noch unbekannt. Sie verkauften große, mittlere und kleine Lebkuchenherzen mit farbigen Bildern und Plätzchen mit bunten Perlen drauf. Als im Jahre 1905 die Mutter des Gastwirtes Richard Schäfer hier einheiratete, brachte sie die Kunst des Weihnachtsgebäckbackens mit. Sie stammte aus Maar (Lauterbach), hatte im Schloß zu Darmstadt gedient und war Köchin in der Gastwirtschaft Scheffer zu Neuweilnau. Zu Weihnachten des genannten Jahres brachte sie Förmchen mit nach Gemünden, lud die Nachbarsfrauen ein und zeigte ihnen, wie man Plätzchen buk. Im Dorfe wurden sonst nur Kuchen gebacken.

Dies geschah im Backhaus. Die Bäckerei dauerte vom Tag vor dem Heiligen Abend die Nacht hindurch bis weit in den 24. Dezember hinein. Ich erinnere mich, daß eine Frau von Niederlauken, Mutter von sieben Kindern, 30 Pfund Mehl zum Verbacken kaufte. Die Kuchen reichten bis über Neujahr hinaus. Am Tage vor Weihnachten verkündete die Ortsschelle, daß die Tannenbäume im Wald geschlagen werden durften. Das wurde gemeinsam von den Ortsbewohnern getan. Zu Hause wurde das Bäumchen in der Scheune „eingemacht" (im Christbaumständer befestigt). Es wurde geschmückt mit einer Spitze, ein paar Kugeln und wenigen Kerzen. Das alles spielte sich recht geheimnisvoll ab. Die Kinder durften den Weihnachtsbaum nicht sehen, sie mußten in der Küche bleiben. Bei ihnen wuchs die Spannung auf das „Christkindsche". Endlich war es so weit. Der Christtagsabend war gekommen.

Auf einmal hat's geklingelt. Der Vater ging raus – da stand ein Christbäumchen vor der Tür. Es wurde in der Stube immer am gleichen Platz aufgestellt. Dann klopfte es leise, das Christkindchen trat ein. Es fragte die Kinder, ob sie auch brav gewesen waren. Bange hörten die Kinder, daß es alle ihre kleinen Missetaten kannte. Dann sagten die Jungen und Mädchen ein Verslein auf:

Christkind, komm in unser Haus
Leer die vollen Taschen aus,
Stell den Esel auf den Mist,
daß er Heu und Hawer frißt.
Heu und Hawer frißt er nit,
Zuckerplätzchen krejt er nit!

Jetzt erhielt jedes Kind ein kleines Geschenk. Das war einmal ein Kastanienschlitten, ein Steckenpferd oder auch ein Kästchen mit Bauklötzchen. Die Kinderaugen strahlten, als sie Äpfel und „Welschnüsse" (Walnüsse) am brennenden Lichterbaum hängen sahen. Die Großmutter las die Weihnachtsgeschichte vor. Die ganze Familie sang die alten Weihnachtslieder.

Nach der Bescherung gab es zum Abendessen Fleisch vom unlängst selbstgeschlachteten Schwein. Dann mußte man ins Bett gehen und freute sich schon auf das Holen des „Christkindsche" (Weihnachtsgeschenk) der Petter und Goten (Patenonkel und Patentanten). Am Morgen des 1. Feiertages machte man sich so früh wie möglich auf den Weg zu den Paten. Für die Buben gab es zumeist die schon oben genannte „Petterwoll", die Mädchen bekamen mal „a Schirzche, a Innerreckche oder a Stöffsche fir a Hemd". Dazu gab es für die großen Kinder ein großes Lebkuchenherz und für die kleineren ein kleines. Auch Plätzchen fehlten nicht.

Am 1. Weihnachtsfeiertag hielt der Pfarrer aus Rod mittags um 1 Uhr Gottesdienst. Die Kirche war voll. Erwachsene, Jugendliche und Kinder füllten die Bänke und Empore. Die Schulkinder sangen Lieder, die Lehrer Kah mit ihnen eingeübt hatte. Es war sehr feierlich. Am 2. Feiertag fand vormittags ein Abendmahlsgottesdienst statt, abends klang das Fest mit einem Konzert des Gesangvereins und anschließendem Tanz aus.

Usinger Land, Heimatbeilage zum Usinger Anzeiger, vom November 1988

Weihnachten in den 20er Jahren

Die Vereinigung Bad Homburger Alt- und Neubürger hat im Dezember 1983 in ihrem „Mitteilungs-, Kultur- und Erinnerungsblatt" namens „Alt Homburg" Erinnerungen an die Weihnachtszeit in fernen Jahren veröffentlicht. Anni Dinges schrieb:

Die Weihnachtszeit begann in unserer Familie eigentlich schon am Buß- und Bettag. An diesem Tag nahm unsere Mutter sich die Zeit, mit uns drei Kindern das erste Weihnachtskonfekt zu backen. Wir durften mit Förmchen Halbmonde, Sterne, Herzen und kleine Tiere ausstechen und auf die Backbleche legen. Nach einer Kostprobe des fertigen Konfekts verschwand die ganze Herrlichkeit leider in einer großen Blechdose. Es war in unserer Familie nicht üblich, schon im Advent von dem Gebäck zu essen; es wurde im Gegenteil von uns Kindern eine gewisse Enthaltsamkeit von Süßigkeiten bis zum Fest erwartet. Dann schmeckte alles noch einmal so gut. Wochen vor Weihnachten wurden auch die Stollen gebacken. Auch sie wurden nicht vor dem ersten Feiertagmorgen angerührt.

Wir Kinder waren in den Wochen vor dem Fest eifrig damit beschäftigt, Geschenke zu kaufen oder zu basteln. Durch Besorgungen und Gefälligkeiten bei Nachbarn und Verwandten und dem gelegentlichen Verkauf von Altpapier hatten wir etwas Geld gespart. Das kam uns an Weihnachten sehr zustatten. Mein Bruder war Experte in Laubsägearbeiten, die er als Rückwände für Kalender oder Schlüsselbrettchen verschenkte. Wir Mädchen konnten mit Topfanfassern, Sofakissen und Zierdeckchen unsere Mutter immer erfreuen. Natürlich machten wir uns gegenseitig neugierig auf die Geschenke, denn jeder arbeitete heimlich, oft bei einer im selben Haus wohnenden Tante. Die Zeit bis zum Heiligen Abend war unerträglich lang. Es gab in der Familie nur ein Thema: Weihnachten. Endlich war es dann so weit. Der Tannenbaum – vor Tagen schon gekauft – wurde vom Speicher heruntergeholt und von den Eltern geschmückt. In der „guten Stube“, die wir nur an Sonn- und Feiertagen und wenn Besuch kam, benutzten, zündete die Mutter in der Frühe den Ofen an. Es war ein ungeschriebenes Gesetz, daß wir Kinder dieses Zimmer nun nicht mehr betreten durften. Das war hart, zwar versuchten wir immer, durch das Schlüsselloch oder einen Türspalt etwas von den Geschehnissen zu erhaschen, es gelang nie. Unsere Mutter hatte natürlich das Schlüsselloch verhängt. Der Christbaumschmuck bestand – und das war etwas ganz Besonderes – aus bunten Engelbildchen auf gesponnenem Glas (wie Glas gesponnen werden kann, ist mir heute noch nicht klar). Die Spitze des Baumes zierte ein Engel mit dem Band „Ehre sei Gott in der Höhe“. Lametta und Engelshaar gaben dem Baum den letzten Schliff. Es wurden Wachskerzen aufgesteckt; elektrische Baumbeleuchtung hatten wir nicht. Unter dem Baum fand die aus Ästen gezimmerte Krippe mit den schönen Figuren ihren Platz. Sie war unser ganzes Entzücken, vom Jesuskind bis hin zum letzten Schäfchen. Am Hl. Abend wurde früh zur Nacht gegessen. Bald danach ertönte ein Glöckchen, die Tür öffnete sich und unsere Eltern empfingen uns vor dem im Lichterschmuck strahlenden Christbaum. Die gute Stube war zum Weihnachtszimmer geworden. In der Mitte des Zimmers stand der Wohnzimmertisch mit Geschenken, die von Tischdecken umhüllt waren. Auch wenn wir nun zu gerne sofort unsere Geschenke gehabt hätten: Es wurden zunächst alle Strophen des schönen deutschen Weihnachtsliedes „Stille Nacht, heilige Nacht“ gemeinsam gesungen. Zum Aufsagen des Weihnachtsgedichtes hatten wir schon kaum noch Geduld. Das war zu viel verlangt, und die Eltern sahen das auch ein. Endlich nahm unsere Mutter die Tischdecken weg. Wir Kinder durften unsere Gaben in Empfang nehmen und überreichten unsere Geschenke den Eltern. Das Freuen, Bestaunen und Bedanken wollte nun kein Ende nehmen.

Ich erinnere mich, als wäre es erst gewesen, an den Hl. Abend, an dem unser Bruder sein Kasperle-Theater erhielt. Zusammen mit meinen Eltern hatten es einige Männer der Hausgemeinschaft angefertigt. Ein Nachbar, Schreiner von Beruf, machte das Gestell, ein anderer, Tapezierer und Polsterer, bespannte es mit einem alten Bettlaken, das unsere Mutter entbehren konnte, und mein Vater bemalte die Leinwand mit breiten, bunten diagonalen Streifen. Das entzückende Theater war mit Vorhängen zum Aufziehen versehen und mit einer Batterie-Beleuchtung. Es war immerhin 1,50 m hoch; man konnte gut dahinter sitzen und mit den Puppen spielen. Lediglich diese Puppen hatten unsere Eltern gekauft, alles andere war Teamarbeit der Hausgemeinschaft. Und wie überrascht waren wir, als nach dem Singen des Weihnachtsliedes plötzlich der Vorhang aufging und der Kaspar hervorsprang mit seinem Ruf: „Kinderchen, seid ihr alle da?" Hinter dem Theater saß ein Mitbewohner des Hauses, der uns diese Überraschung bereitete.

Unsere Eltern schenkten uns meist praktische Dinge, Bekleidung, auch Bücher zum Lesen und Sport- und Spielsachen. Im strengen Winter 1928/29 mußten es natürlich Schlittschuhe sein. Dann bekam ich einmal eine Puppenwiege, die von Verwandten stammte und der mein Vater durch einen Lackanstrich ein ganz neues Aussehen gegeben hatte. Meine Mutter versah sie mit einem Himmel und mit Kissen und Steppdecken, alles verziert mit Spitzen. Sie war wunderschön. Für die Buben kamen die Märklinbaukasten in Mode. Unser Bruder baute sich aus einem solchen das Fahrgestell eines Autos, das er heute noch besitzt. Auch eine Burg, die er als Junge geschenkt bekam, ist heute noch im Besitz der Familie.

Bei den Gaben stand für jedes Kind ein Weihnachtsteller, gefüllt mit dem selbstgebackenen Konfekt, mit Nüssen, Äpfeln und Orangen. Daran taten wir uns nach dem ersten Geschenkaustausch gütlich. Wir spielten dann noch ein wenig zusammen, bis die Mutter meinte, es sei nun Zeit zu Bett zu gehen, weil wir doch am ersten Feiertagmorgen die Christmette miterleben wollten. Früh um 4 Uhr wurden wir geweckt.

Schlaftrunken zogen wir uns an, warfen schnell noch einen Blick in das von Kerzen, Äpfeln und Plätzchen duftende Weihnachtszimmer und wanderten dann mit den Eltern durch die stille, meist verschneite Stadt zur Marienkirche. Aus allen Straßen kamen die Gläubigen, man begrüßte sich, wünschte frohe Feiertage und ging gemeinsam in die durch zwei riesige lichtergeschmückte Tannenbäume erhellte Kirche. Die Mette begann um 5 Uhr mit dem Weihnachtslied „Stille Nacht, heilige Nacht". Nach dem feierlichen Gottesdienst durften wir die Krippe in der Taufkapelle besuchen. Einem kleinen Negerjungen aus Gips warfen wir einen Groschen in die Almosenbüchse, worauf er zu unserer Freude mit dem Kopf nickte. Dann ging es wieder heimwärts durch die immer noch schlafende Stadt. Wir konnten noch einmal ins warme Bett kriechen; der Tag war ja noch jung. Manches Geschenk wanderte dann mit unter die Decke.

Zum Morgenkaffee wurde der erste Stollen angeschnitten; er schmeckte herrlich. Als Festtagsbraten servierte uns unsere Mutter eine knusprige Gans. Obwohl unser Vater oft gerade vor Weihnachten arbeitslos war, ließen es sich unsere Eltern nicht nehmen, beizeiten alles für das schöne Fest vorzubereiten. Mit wenig Geld und viel Phantasie beschenkten sie uns und wir sie. Es waren glückliche Tage im Kreise der Familie und der Hausgemeinschaft. Die sonst üblichen sonntäglichen Verwandtenbesuche fanden an Weihnachten nicht statt. Wir blieben unter uns. Lediglich am zweiten Weihnachtsfeiertag traf sich die Pfarrgemeinde zu einer Feier im Saalbau, bei der wir Kinder oft mitwirkten.

Die Erinnerung an die Weihnachtszeit in meiner Kindheit ist eine ungetrübt schöne. Ich bin meinen Eltern dankbar, daß sie uns in den für sie nicht leichten zwanziger Jahren dieses familiäre Glück schenkten.

Alt Homburg vom Dezember 1983, Nr. 12

Weihnachts-Symbole

In unserem Städtchen haben wiederum viele Geschäftsleute ihre Häuserfronten mit Weihnachts-Symbolen ausgeschmückt. Besonders die Hauptstraße, die ja auch die meisten Geschäfte beherbergt, bietet mit den schlichten Weihnachtssternen in den Abendstunden einen schönen Anblick. Drei schöne Tannenbäume, die in der Zeilsheimer Straße und Elisabethenstraße von Geschäftsleuten aufgestellt wurden, künden auch dem eiligen Kraftfahrer das bevorstehende Fest. In der Lorsbacher Straße wird in den nächsten Tagen ein großer Baum auf dem Vordach eines Filmtheaters ebenfalls an die Weihnachtszeit erinnern. Inzwischen wurde auch vor dem alten Rathaus der Weihnachtsbaum aufgestellt, wobei der Förster in diesem Jahre eine besonders schöne Tanne ausgesucht hat.

Hofheimer Zeitung vom 13. Dezember 1961

Tausende besuchten Oberursel

Lichterzauber vom Markt bis zur Frankfurter Landstraße / In der Vorstadt ein Betrieb wie zur Fassenacht

Der Sonnenschein hatte am Sonntag wahre Völkerscharen nach Oberursel gelockt. Rodelschlitten und Bretter waren zu Hause geblieben und dem Wunschzettel gewichen. Vater und Mutter prüften gewissenhaft das Angebot des Oberurseler Handwerks und Gewerbes. Preise wurden verglichen, Qualitäten gründlich studiert und dann standen plötzlich hinter Paulchens Wünschen kleine, aber sehr bedeutungsvolle Ziffern. Ihre Addition entwickelte sich jeweils zu einem spannenden Wettbewerb zwischen Haushaltsfinanzen und vorweihnachtlicher Kauflust. Der Sieger stand wohl in den meisten Fällen vorher schon fest: Die Kauflust ließ alle Haushalte unausgeglichen werden. Umso ausgeglichener war die Stimmung bei Oberursels Gästen.

Von Usingen und Kronberg, aus Oberhöchstadt und Oberstedten, von Weißkirchen und Steinbach wie Kalbach und Stierstadt waren am Sonntag, dem ersten Verkaufssonntag vor dem Fest, die Menschen nach Oberursel gekommen. Die Parole der einheimischen Wirtschaft „Kauft in Oberursel!“ hatte mit der gewinnbringenden Weihnachtslotterie ihre Anziehungskraft bewiesen. Der Lichterzauber, von der Frankfurter Landstraße und dem Bahnhof durch die Vorstadt, die Untere Hainstraße, Eppsteiner Straße, Ackergasse und Strackgasse zu Oberursels Marktplatz führend, brachte Worte der Anerkennung und Bewunderung. Ja, Oberursel ist schon auf der Höhe!

Wie in alten Zeiten, da Oberursels Markt ein geschäftiges Zentrum des wachsenden Oberursels war, zeigte sich der Platz im Schein seiner doppelten Lichterkette auch heute wieder als ein Mittelpunkt des pulsierenden Lebens. In den Hauptstraßen des Stadtzentrums, ob man vom Markt die Strackgasse zur Vorstadt ging, überall stauten sich die Besucher vor den Schaufenstern. Die Buben drückten ihre Näschen an der blankgeputzten Scheibe platt, hinter der kleine Eisenbahnen durch Tunnels und über Brücken ratterten. Mit den schwarzen Loks und grünen Wagen reisten die Gedanken der kleinen Zaungäste in ferne Traumländer, und ihre sehnsüchtigen Blicke sagten mehr, als Worte es vermögen.

Die Vorstadt – Oberursels Zeil – und die angrenzenden Geschäftsstraßen waren am Nachmittag fast überfüllt. „Ein Betrieb wie zur Fassenacht“, meinte ein Oberurseler nicht zu Unrecht. Kraftfahrer konnten sich nur im Schritttempo durch das Gewoge schlängeln, und für Oberursels Polizei ergibt sich die Frage, ob man nicht am kommenden Sonntag, wenn sich noch mehr Gäste von Oberursels vorweihnachtlichem Lichterzauber anlocken lassen, die Hauptstraßen, so wie man es in Frankfurt machen mußte, sperren sollte, um ein ungestörtes Schauen und Kaufen zu ermöglichen. Hinweisschilder zu Parkstraßen im Stadtzentrum sollten allen Kraftfahrern einen Besuch in Oberursel angenehm und bequem machen.

In der Frankfurter Landstraße hatte das Märcheneck der dortigen Firmen einen weiteren Höhepunkt in die vorweihnachtliche Beleuchtung und Ausschmückung unserer Heimatstadt eingefügt. Vom Feldberg kam der Nikolaus mit seinem schwerbeladenen Schlitten in die Stadt, ein paar Schritte weiter freuten sich die sieben Zwerge mit Schneewittchen über die frohen Gesichter der Vorübergehenden und Knecht Ruprecht hatte seinen Gabensack an anderer Stelle für alle braven Kinder weit geöffnet.

Oberursels vorweihnachtliches Gesicht hat großstädtische Züge bekommen, die sich mit längst Vertrautem zu einem Bild einer aufstrebenden, wirtschaftlich gesunden Stadt, die auf dem besten Wege ist, das Wirtschaftszentrum des vorderen Taunus zu werden, vereinen.

Taunus-Anzeiger, 8.12.1952, Originalüberschrift

Schön war's, schön wär's

Paketeinsammlung durch die Post. Es ist noch nicht genügend bekannt, daß die Post abzusendende Pakete auf Bestellung aus den Wohnungen abholen läßt. Man braucht nur ein offenes Schreiben, eine Karte oder einen Zettel mit den Worten: „Paket abholen bei“ (Name und Wohnung) unfrankiert in den nächsten Briefkasten zu werfen oder einem Briefträger mitzugeben, und die Sendung wird bei der nächsten Paketzustellfahrt gegen eine Gebühr von 10 Pfg. vom Hause des Absenders abgeholt. Das Verfahren ist einfach und bequem und besonders solchen Personen zu empfehlen, denen ein Dienstbote nicht zur Verfügung steht.

Beilage zum Kreis-Blatt für den Kreis Höchst am Main, 15. Dezember 1910

Heiligabend 1949 im Radio

Am 2. Oktober 1948 hatte der Hessische Landtag das Gesetz über den Hessischen Rundfunk verabschiedet. Ein Vierteljahr später, am 28. Januar 1949, kam Radio Frankfurt, der Sender der amerikanischen Militärregierung, in deutsche Hände. Das Radio war damals das unangefochtene Leitmedium. Wie mag das Programm am Heiligen Abend des Jahres 1949 ausgesehen haben? Der Taunusbote vom 23. Dezember 1949 kündigt eine Sendefolge an, die fast ausschließlich von weihnachtlichen Themen beherrscht wird. Wer sich darüber wundert, dass die Hesselbachs, die ja im Fernsehprogramm der 60er Jahre Einschaltquoten von sagenhaften 93 Prozent erreichten, auch im Radio einen Platz hatten, muss wissen, dass die Familie Hesselbach zunächst eine reine Hörfunkveranstaltung war. Die erste Folge wurde am 17. September 1949 ausgestrahlt, es folgten 76 weitere. Fernsehreif wurden Familie und Firma Hesselbach erst zu Beginn der 60er Jahre. Hier das hr-Hörfunkprogramm vom Heiligen Abend 1949:

5.30 Musik für Frühaufsteher
6.45 Sport, Morgenständchen
7.15 Frühkonzert
8.10 Morgenmusik
11.15 Magazin des Schulfunks
12.00 Musik am Mittag
13.00 Vom Plattenteller
13.40 Sportvorschau
13.50 Pressestimmen
14.15 Märchenmusik
15.00 Kerzenschimmer auch in Kanada
15.30 Mistel und Christrose
16.00 Der Weihnachtsbaum
16.30 Weihnachten in der Familie Hesselbach
17.15 „Vom Himmel hoch ihr Engel kommt"
18.30 „Freu dich, Erd' und Sternenzelt"
19.00 Kirchen und Dome läuten die Weihnacht ein
20.00 „O, du fröhliche"
22.00 Könige in Judäa
23.30 Weihnachtliche Orgelmusik
24.00 Christmette

Weihnachtseinkauf unter Strom

Im ersten Nachkriegsjahr 1946 war im Taunus wie in ganz Deutschland alles knapp – die Nahrung, das Papier, die Energie. Der Strommangel hatte Auswirkungen auf den Ladenschluss, wie aus der folgenden Notiz vom 1. Dezember 1946 im Amtlichen Kreisblatt für den Obertaunuskreis hervorgeht. Dieses amtliche Mitteilungsorgan wurde „herausgegeben von dem Landrat des Obertaunuskreises mit Genehmigung der Militärregierung". Sich für Weihnachtsgeschenke bis auf den letzten Drücker Zeit zu lassen, ging damals nicht.

Betr.: Ladenschluß.

Der Zwang zu größter Sparsamkeit im Stromverbrauch erfordert außerordentliche Maßnahmen. Werden diese nicht ergriffen, dann muß mit völliger Stromabschaltung auf bestimmte Zeiten gerechnet werden.

Um dies zu verhüten, wird für den ganzen Obertaunuskreis die Verkaufszeit in allen Läden bis auf weiteres von 8.00 Uhr durchgehend bis 16.00 Uhr festgesetzt.

Um diese Maßnahmen im Interesse der produktiven Wirtschaft noch wirksamer zu machen, werden alle Behörden und Bürobetriebe ersucht, ihre Arbeitszeit ebenfalls durchgehend von 8.00 bis 16.00 Uhr zu legen und Stromverbrauch außerhalb dieser Zeit zu vermeiden.

Amtliches Kreisblatt für den Obertaunuskreis, 1. Dezember 1946

Suppe vor Weihnachten

Auch für die zwei nächsten Wintermonate hat die unterzeichnete Stelle, gleichwie in den letztverflossenen Jahren, die Anordnung getroffen, daß hiesigen hülfsbedürftigen Armen in dem hiesigen Armen- und Versorgungshause täglich, Mittags und Abends, eine nahrhafte Suppe nebst Brod verabreicht und außerdem denselben der Aufenthalt in zwei geheizten Zimmern von Morgens bis Abends 8 Uhr veranstaltet wird.

Diejenigen Armen, welche hieran Antheil zu erhalten wünschen, haben sich bei unterzeichneter Stelle zu melden. – Bei dieser Veranlassung müssen wir, im Interesse des hiesigen Armenfonds, die schon vielfach geschehene Aufforderung erneuern, den Bettlern, welche hin und wieder sich noch herumtreiben, keine Almosen zu verabreichen, sondern sie mit ihren vermeinten Ansprüchen an die unterzeichnete Stelle zu verweisen.

Homburg, den 19. Dezember 1839
Landgräfl. Hess. Amts-Armen-Commission

Landgräflich Hessisches Amts- und Intelligenz-Blatt,
Homburg v. d. Höhe, vom 22. Dezember 1839

Warum einfach, wenn's auch kompliziert geht?

Verzwickte Bestimmungen der Post galten schon vor hundert Jahren:

Ohne Umschlag versandte gedruckte Weihnachts- und Neujahrskarten, die den Bestimmungen für Postkarten entsprechen müssen, kosten im Ortsbereich des Ausgabeorts, auch wenn sie mit beliebigen handschriftlichen Zusätzen versehen sind, 3 Pfennig. Sollen sie im Fernverkehr gegen die Gebühr für Volldrucksachen (3 Pfennig) befördert werden, so dürfen außer den sogenannten Absenderabgaben (Absendungstag, Name, Stand und Wohnort nebst Wohnung des Absenders usw.) noch weitere 5 Worte, die aber mit dem gedruckten Wortlaut in leicht erkennbarem sachlichen Zusammenhang stehen müssen, handschriftlich hinzugefügt werden. Die im offenen Umschlag versandten Weihnachts- und Neujahrskarten kosten sowohl im Ortsbereich des Aufgabeorts wie nach außerhalb nur dann 3 Pfennig, wenn auf der Karte außer den Absenderangaben (siehe oben) nichts weiter geschrieben ist. Ist jedoch ein vorhandener Wortaufdruck wie „Herzlichen Glückwunsch zum neuen Jahre" und dergl. handschriftlich durch gestattete Nachtragungen bis zu 5 Worten – z. B. durch den Zusatz „sendet mit besten Grüßen Ihre" ergänzt, so ist die Gebühr für Teildrucksachen, also 5 Pfennig, zu entrichten. Auf Karten, die lediglich ein gedrucktes Bild, aber keinen Aufdruck von Worten tragen, dürfen handschriftlich nur die Absenderabgaben hinzugefügt werden. Andernfalls unterliegt die Sendung bei Versendung als offene Karte der Postkartengebühr, bei Versendung unter Umschlag der Briefgebühr. Unzureichend freigemachte Sendungen werden mit Nachgebühr belastet. Es kann daher den Versendern nur dringend geraten werden, die Bestimmungen zu beachten.

Taunus-Zeitung 21. Dezember 1926

Ein frohes Fest
aus Eschbach

Kinderland

Vorweihnachtszeit! Da sind unsere Kinder in einer besonderen Stimmung, über der scheu ein wenig der Zauber des Heiligabends liegt. Hundert Wünsche und Hoffnungen werden in den Herzen und Köpfen der Kleinen wach und es setzt oft ein harter Kampf im Innern der kleinen Weltbürger ein, bis eines Abends der „Christkindbrief" vors Fenster gelegt wird, damit ihn das gute Christkindlein abholen und sich danach richten kann. Auf dem Schulweg kommt die junge Welt an den lockenden Auslagen der Geschäfte vorüber, in denen sich jetzt ein wahres Kinderparadies ausbreitet. „O, die feine Eisebahn", ruft der kleine Hansl aus. „Du, und die Burg erscht und der Rodelschlitte und der Roller! Ich möchte am liebste den ganze Lade hawe!" Still und fröstelnd steht der arme, kleine Max dabei, drückt sein Näschen an der Auslagescheibe platt und seufzt: „O je, für mich werd Christkind ja ka Geld hawe!" Ihr Großen aber, die ihr's könnt, tut eure Herzen auf! Wenn jeder, der es bei gutem Willen kann, ein Scherflein für das „Christkind" unserer Kleinen gibt, dann wird am Heiligen Abend kein Kind ohne ein warmes Kleidungsstück und ohne eine kleine Kinderfreude sein.

Taunus-Zeitung vom 5. Dezember 1925, Originalüberschrift

Glückliche Feiertage

Mit freundlichen Gesichtern eilten am Morgen des 24. Dezembers die Menschen durch Hofheims Straßen, um die letzten Einkäufe zu tätigen. Bepackt wie die Weihnachtsmänner quirlten die Hausfrauen nach allen Richtungen. Viele Geschäftsinhaber überraschten ihre Kunden mit willkommenen Kleinigkeiten. Lieblich waren die Schaufenster geschmückt und die nun schon vertrauten, alljährlich „aufgehenden" grünen Sterne an den Häusern vollendeten den vorweihnachtlichen Anblick.

Gegen 19 Uhr hatten sich fast alle in die Geborgenheit ihrer Wohnungen zurückgezogen, um im Kreise der Lieben das schönste Fest des Jahres zu begehen. Nur einzelne Spaziergänger genossen die Ruhe und den Zauber dieser Nacht. Kerzen schimmerten, ab und zu waren Weihnachtslieder zu hören, ein Klavierakkord verklang; unendlicher Friede hatte sich ausgebreitet.

Viele folgten dem Ruf der jubelnden Glocken am Weihnachtsmorgen, um im gemeinsamen Gebet für das Wunder der Weihnacht zu danken. Am Nachmittag war alt und jung unterwegs. Strahlend zeigten sich die Kinder ihre Geschenke und eifrig wurden die Erlebnisse und Überraschungen des heiligen Abends besprochen.

Nicht wenige zogen mit Skiern und Schlitten in die höheren Regionen des Taunus. Sie wurden nicht enttäuscht; ein Wintermärchen erwartete sie. Dick überzuckert standen die Tannen und eine zarte Nebeldecke schuf eine wunderbare Harmonie von weißen und grauen Farben. Drollige, aber auch elegante Anblicke boten die Skifahrer. Breitbeinig schneepflugten die meisten, und mancher blaue Fleck wird noch einige

Zeit die Erinnerung an den Taunus wachhalten. Ein temperamentvolles Skihaserl umarmte eine dicke Tanne, die sich dadurch nicht im geringsten aus der Ruhe bringen ließ. Nur ein Ski verlor vor Schreck die Spitze, sah aber recht zünftig aus.

Auf dem Feldberg waren bald keine Parkplätze mehr zu finden und die Sportler purzelten wild durcheinander. Wer sich jedoch Mühe machte, etwas tiefer in den Wald zu dringen, dem gehörten zwar schmale, aber durchaus schöne Abfahrten ganz allein und niemand lachte, wenn die Skier nicht mehr gehorchen wollten.

Fast Frühling war es am Nachmittag in Hofheim. Ab und zu blitzte die Sonne, und etliche Vögel zwitscherten so munter, als hätten sich bereits Krokusse und Schneeglöckchen angemeldet. Noch war es zu früh, aber vielleicht besangen sie die zartgetönten Sterne der Christrosen, die in vielen Gärten zu erblicken waren.

Ein friedliches, fröhliches Weihnachtsfest war zu Ende gegangen, als am Dienstagmorgen die Wecker zur Arbeit riefen.

Hofheimer Zeitung vom 28. Dezember 1960

SCHMITTEN/HOMBURG

Die Zweifel des Metzgermeisters

Ein Dienstmädchen aus Schmitten, E. R., welches seit einigen Tagen aus dem Dienste des Hrn. W. R. dahier getreten ist, sich aber immer noch hier aufhielt, besuchte gestern Abend einen hiesigen Metzgermeister und ließ sich 1 ½ Pfund Blutwurst auf Conto ihres früheren Dienstherrn geben. Dem Metzgermeister stiegen, nachdem sich das Dienstmädchen entfernt hatte, doch Zweifel auf, und erfuhr denn auch auf Erkundigung, daß er es hier mit einer Schwindlerin zu thun hatte. Die Polizei wurde sofort hiervon avisirt und gelang es, das Frauenzimmer in einem Hause der Elisabethenstraße gerade in dem Augenblick zu überraschen, wo sie sich mit noch Mehreren zu Tische setzen und die Wurst verzehren wollten. Daß sämtlichen Anwesenden, die zum Teil von dem unredlichen Erwerb der Wurst nichts gewußt haben mochten, der Apetit vergangen, kann man sich leicht denken. Die Wurst wurde confiscirt.

Taunusbote vom 24. Dezember 1882

Der sprechende Feldpostbrief

Daß wir die menschliche Stimme auf Schallplatten bannen können, um sie auf dem Grammophon wieder zu hören, ist keine Neuigkeit mehr. Daß wir jeden Abend die PK-Berichte*, welche draußen an der Front auf Platten aufgenommen werden, hören können, daran haben wir uns, solange Krieg ist, schon gewöhnt und wollen diese Stunde nicht mehr missen. Daß aber plötzlich in einem Lazarett ein Mikrophon steht, in welches die Kranken vom Bett aus hineinsprechen und den Lieben zu Hause auf der Schallplatte von ihrem Befinden erzählen, das ist einmalig. Und weil es einmalig ist, darum wollen wir auch davon erzählen:

In den Oberurseler Lazaretten und in den Lazaretten in Kronberg herrschte seit Tagen Hochbetrieb um das Mikrophon – frohe Weihnachtsvorfreude! Neugierig umstanden unsere Verwundeten die große Apparatur mit vielen Kabelschnüren, Tonverteiler, Verstärker, Mikrophon und Großlautsprecher. Eine unzerbrechliche Schallplatte soll nun alle die frohen Grüße und Wünsche der Soldaten aufnehmen und in der Heimat große Freude bereiten. Zunächst befindet sich die kleine Schallplatte noch in ihrem Urzustand. Der Aufnahmeleiter erklärt nun seinen Kameraden den Vorgang; auch erfährt man, daß das Präsidium des Deutschen Roten Kreuzes eingeladen habe und allen Verwundeten dieses einmalige Mikrophon-Erlebnis kostenlos vermittelt.

Der Aufnahmeleiter, der selbst als Soldat im Weltkrieg stand und erlebt hat, wie mancher seiner Kameraden ans Bett gefesselt, monatelang die Lieben zu Hause nicht sehen und nicht mit ihnen sprechen konnte, und wie umgekehrt die Heimat in steter Sorge um ihre Soldaten lebt, ist seit eineinhalb Jahren von Lazarett zu Lazarett unterwegs, um das Band der Front mit der Heimat durch den sprechenden Feldpostbrief auf das engste zu verknüpfen. In ihrem Heimatdialekt, so wie die Angehörigen in der Heimat die Stimme ihres Soldaten kennen, sprechen nun unsere Soldaten ihren Feldpostbrief. Zweckmäßig wird derselbe vorher etwas vorbereitet, denn das Mikrophon, dieser metallische Schwanenhals, ist ein ganz komisches Ding!

An allen Fronten haben unsere tapferen Soldaten als beste der Welt ihren Mann gestanden und im Osten gegen Bestien gekämpft. Das Mikrophon jedoch – es ist nicht so ganz einfach! Die Aufnahmen werden in einer größeren Gemeinschaft gemacht und in kurzer Zeit ist alle Mikrophon-Angst überwunden. Gegenseitig helfen sich die Kameraden ihre Briefe formulieren. Die eine Seite der Platte wird besprochen, die andere musikalisch gestaltet. Die „Programme“ entwickeln sich. In einem Nebenzimmer hört man Lieder singen, welche die Kameraden einüben: „Gute Nacht, Mutter“, „Hörst du mein heimliches Rufen“, „Heimatland“, „Vor der Kaserne“, „Graue Kolonnen“, „Leise rieselt der Schnee“, „Stille Nacht, Heilige Nacht“ – ein wunderbares Milieu entsteht, eine Gemeinschaft von Frontsoldaten, zusammengewürfelt aus allen Gauen des großdeutschen Vaterlandes.

Die erste Aufnahme startet. Die Platte beginnt sich zu drehen, und der Schneidestichel ritzt die Tonrillen ein. Ein dünner Faden löst sich von der Schallplatte und liegt nach der Aufnahme wie ein Knäul Flachs daneben. Sofort wird die erste Seite zu Gehör gebracht und glückliches Strahlen und Staunen bei allen, besonders aber bei dem Sprecher selbst. Was hat nun unser Gefreiter Franzl seinen Lieben alles zu sagen gehabt? Seine Heimat ist Tirol, zwei Brüder von ihm stehen noch im Osten und der jüngste beim Arbeitsdienst. Lustig fängt er an: „Liebe Eltern, ihr werdet staunen, daß ich zu euch durchs Mikrophon spreche. Ja, liebe Eltern, was für uns Verwundete nicht alles getan wird. Hier im Lazarett geht es mir gut. Ihr braucht keine Sorgen zu haben. Unsere Aerzte und Schwestern tun alles, um uns wieder bald auf die Beine zu stellen und wird es auch nicht mehr allzulange dauern und ich bin wieder gesund. Dann gibt es Urlaub und freue ich mich jetzt schon darauf. Vielen herzlichen Dank für eure vielen Päckchen. Seid alle recht herzlich gegrüßt, auch alle die, welche jetzt meine Stimme hören. Euer Franzl. An schönen Gruß auch noch an die Mizl!“

Die Platte wird gewendet und der Franzl singt ein Tiroler-Heimat-Liedchen! Wunderbar hat er gesungen, die Kameraden haben feste geklatscht und alle grüßen sie noch dem Franzl seine Eltern, wünschen eine frohe Kriegsweihnacht 1941 und ein glückliches 1942.

Die erste Aufnahme ist gut geworden, die folgenden werden immer noch besser, es gibt Höhepunkte – ein Kamerad sandte seiner Urgroßmutter, welche auf dem 24. Dezember ihren 80. Geburtstag feiert, eine ganz besonders herzliche Gratulation. Es war wunderbar mitzuerleben, wie sich die Kameraden um das Mikrophon scharten, um aber auch alle der lieben Ur-Oma ihre Grüße aus dem Lazarett zu senden. Die zweite Seite: „Großmütterchen“. Gesungen von der zarten Stimme einer DRK-Helferin. Unsere Schwestern beteiligen sich übrigens fast ausschließlich immer daran. Sie teilen den Angehörigen mit, daß es ihren Jungen gut gehe, daß sie sich keine Sorgen zu machen brauchten usw. Auch bilden sich Schwestern-Chöre und helfen so zum guten Gelingen.

Es ist wie ein Wunsch-Konzert. Jeder einzelne wird zum eigenen Schöpfer.

Die Heimat ist überrascht, wenn die „Sprechenden Feldpostbriefe“ eintreffen. „Eurer Soldat spricht jetzt zu euch“, steht auf dem Feldpostkarton. Begeistert wird diese Post aufgenommen, die alten Grammophone werden wieder hervorgeholt und in vielen tausend Familien ertönt in diesem Jahr unter dem Weihnachtsbaum die Stimme des Vaters, des Jungen, des Bräutigams – der Kameraden aus dem Lazarett.

Noch lange nach der siegreichen Beendigung des Krieges soll dieser sprechende Feldpostbrief dem tapferen Frontsoldaten, wenn er wieder zuhause ist, eine Erinnerung sein an seinen Kampf in diesem großen jetzigen Zeitgeschehen.

Ein Singen und Klingen im Lazarett, wirklich eine Weihnachtsvorfreude! Es war schön um den sprechenden Feldpostbrief in den Oberurseler und Kronberger Lazaretten, und dem Präsidium des Deutschen Roten Kreuzes sei für diese einzigartige Verwundetenbetreuung herzlichst gedankt.

**Propaganda-Kompanie*

Taunus-Anzeiger vom 20./21. Dezember 1941 Originalüberschrift

Hoher Besuch

Am Weihnachtsabend selbst hatte der Taunusbote nochmals Gelegenheit, an einer besonderen Freude im Altersheim teilzunehmen. Herr Oberbürgermeister Horn war auf seinem Wege durch Homburger Heime dort erschienen, um eine Zuwendung des Weihnachtsmannes, den er soeben getroffen zu haben behauptete, gemeinsam mit den alten Leuten zu teilen. Wie strahlten die alten Gesichter, einen guten Likör oder ein perlendes Glas Sekt persönlich vom Herrn Oberbürgermeister kredenzt zu bekommen! Auch Süßigkeit und Rauchwaren fehlten nicht. Wie Oberbürgermeister Horn in seiner Ansprache betonte, hatte er kürzlich an der Besichtigung des Heimes seitens der Stadtväter nicht teilnehmen können. Am Weihnachtsabend wollte er jedoch, obwohl dieses Heim dem Kreis untersteht, gern seinen Besuch nachholen. Er freute sich, außer den 70 Prozent Homburger Heiminsassen auch noch eine Reihe Oberurseler Gesichter anzutreffen und sprach Hausvater und Hausmutter Geis seine besondere Anerkennung für die mustergültige Führung und anheimelnde Atmosphäre des Heimes aus. In Vertretung von Landrat Dr. Eberlein richtete dann noch Kreisinspektor Menger einige Worte an die Heiminsassen.

Taunusbote, 27. Dezember 1949

Rezept für Nussplätzchen

Zutaten: 200 g Mehl (Type 1050), 50 g Weizenschrot, 1 gestrichener TL Backpulver, 100 g Rohrzucker, 1 Päckchen Vanillezucker, 4 EL Milch, 100 g ungehärtete Pflanzenmargarine (Reformhaus), 200 g gemahlene Haselnüsse, ca. 30 Haselnüsse zum Verzieren, Milch zum Bestreichen

Zubereitung: Mehl, Weizenschrot und Backpulver auf ein Backbrett sieben, in die Mitte eine Mulde drücken. Rohrzucker, Vanillezucker und Milch hineingeben und zusammen mit den Margarineflöckchen schnell zu einem glatten Teig verkneten. Ca. 1 Stunde kaltstellen. Immer nur kleine Mengen auswellen und Plätzchen ausstechen. Mit Milch bestreichen und mit jeweils einer Haselnuss verzieren. Im vorgeheizten Backofen ca. 10 – 15 Minuten backen. E-Herd: 175 bis 200 Grad.

Königsteiner Woche, 11. Dezember 1981

Weihnachten in Oberursel im Jahre 1917

ERZÄHLT VON FRAU NATALIE MARKUS, GEBORENE MAG
AUFGEZEICHNET VON URSULA BAARS IM OKTOBER 1994

Ich erinnere mich noch ganz genau an das Weihnachtsfest im Jahr 1917 im Hause unserer Großeltern in der Wiederholtstraße 3 gegenüber der Rothschen Mühle in Oberursel. Eigentlich wohnten wir vier Kinder mit unseren Eltern im Jahr 1917 ja in Bommersheim. Da aber unser Vater in den Weltkrieg ziehen mußte, verbrachten wir viele Wochen bei unseren Großeltern in dem winzig kleinen Fachwerkhaus in der Wiederholtstraße. Betrat man von draußen kommend das kleine Häuschen, so stand man direkt in der Küche. In dieser Küche waren zwei Türen, die eine führte ins Wohnzimmer und die andere ins Schlafzimmer, in dem zwei große Betten standen. Das waren schon alle Räume im Erdgeschoß des großelterlichen Hauses. Das Gartenhaus im Hof der Großeltern war sehr viel größer als das eigentliche Wohnhaus.

Nun muß ich sagen, daß meine Großeltern sehr fromme Leute waren und der Kirche sehr verbunden. Mein Großvater Nikolaus Kirsch war der letzte Glöckner in der St.-Ursula-Kirche, und er war auch bis zu seinem 72. Lebensjahr Küster in der Hospitalkirche. Und so war es völlig klar, daß uns der Großvater am Heiligen Abend auch die Weihnachtsbotschaft vorgelesen hat. Wir vier Kinder saßen ganz still und auch die Erwachsenen hörten andächtig zu. Alle trugen ihre Sonntagskleider und wir Mädchen wurden für den Heiligen Abend besonders hübsch hergerichtet. Man zog uns karierte Wollkleidchen an und darüber ein zartes, strahlend weißes Voileschürzchen mit ganz vielen Spitzen. In die frisch geflochtenen Zöpfe band man uns große weiße Haarschleifen. So herausgeputzt saßen wir beim Großvater und warteten darauf, daß endlich das Christkind läuten würde. Plötzlich hörten wir ein ganz zartes Bimmeln und unsere Oma öffnete die Tür zum Wohnzimmer und sagte: „Das Christkind war da!“ Dann durften wir in das Wohnzimmer hineingehen und wir sahen unsere Geschenke unter dem Tannenbaum liegen. Es wurden zuerst Weihnachtslieder gesungen. Unser Opa las feierlich die Weihnachtsgeschichte vor. Erst danach war die Bescherung. Jedes von uns Kindern hat etwas in die Hand gelegt bekommen mit den Worten: „Hier ist Dein Geschenk!“ Jedes Kind bekam etwas zum Spielen und etwas Praktisches. Die Buben bekamen einen Baukasten und warme Sachen zum Anziehen. Wir Mädchen bekamen unsere Puppen mit neuen Puppenkleidern oder auch mal mit einem neuen Porzellankopf, wenn der ursprüngliche beim Spiel kaputtgegangen war. Für uns selbst gab es auch neue Kleider oder Handschuhe, Schal und Mütze. Mitten im Wohnzimmer stand der geschmückte Weihnachtsbaum mit Ketten aus glänzenden, silbrigen Kugeln. Herrliche bunte Kugeln hingen noch dazwischen und zartes Engelshaar. Und es brannten echte Kerzen. Natürlich fehlte auch die Weihnachtskrippe nicht, die Jahr für Jahr neu aufgebaut wurde.

Nach all den Geschenken und dem Gucken gab es dann endlich das Weihnachtsessen. Wir aßen wie in jedem Jahr am Heiligen Abend Kartoffelsalat und Würstchen. Dieses einfache Essen war uns ein Genuß und gehörte einfach zum Weihnachtsfest dazu, so wie in vielen anderen Familien auch. Das war hier das traditionelle Weihnachtsessen, egal ob bei reichen oder armen Leuten. Danach konnten wir endlich mit unseren neuen Spielsachen spielen. Die Buben lagen mit ihren Baukästen auf dem Boden und hatten die Steine überallhin verstreut. Wir Mädchen hatten unsere Puppen zum Spielen und wir zogen ihnen die neuen Kleider an. Natürlich haben auch die Buben mit unseren Puppen gespielt. Was wir eigentlich nicht so mochten, denn sie zerrten an den Puppenzöpfen oder sie warfen die Puppen hoch in die Luft. Wenn dabei der Kopf unserer Puppe kaputt ging, mußten wir wieder bis Weihnachten warten, bis die Puppe wieder einen neuen Porzellankopf bekam. Das war dann unser Weihnachtsgeschenk!

Zum Heiligen Abend wurde extra ein wunderbarer Apfelstrudel gebacken und es gab auch drei Sorten Weihnachtsgebäck. Unsere Oma hat Buttergebackenes, Haferflockenplätzchen und Kokosmakronen gebacken und wir Kinder konnten nie genug davon kriegen, so gut schmeckten uns die Leckereien. Denn früher war es nicht üblich, daß es viel Naschzeug gab und so waren die Weihnachtsplätzchen eine von uns herbeigesehnte Süßigkeit. Damit wir Kinder aber schon vor dem Weihnachtsfest ein bißchen was naschen konnten, hat das Christkind ab und zu mal etwas Weihnachtsgebäck verloren – oder manchmal auch nur ein Federchen. Das war das Zeichen für uns Kinder, daß das Christkind unsere Puppen abgeholt hat, um sie in der himmlischen Werkstatt wieder herrichten zu lassen. Am Heiligen Abend durften wir Kinder viel länger als sonst üblich aufbleiben und spielen. Die Familie saß zusammen bis zur Mitternacht, dann gingen alle zu Bett. Denn wir mußten ausgeschlafen sein für die Christmette in der St.-Ursula-Kirche. Diese begann früh morgens um 4 Uhr. Und so wurden wir Kinder nach dem Spielen in Decken eingewickelt und in der Kälte über den Hof in unser Schlafzimmerchen gebracht. Außen am Haus führte eine ganz schmale Holztreppe nach oben in die anderen Zimmerchen des kleinen Hauses. Früher war es in der Weihnachtszeit meistens bitter kalt. Die Häuser waren dick eingeschneit und der nahe am Haus fließende Urselbach war mit dickem Eis bedeckt. Es herrschte eine feuchte, klamme Eiseskälte. Wir wurden in dicken Decken eingewickelt auch ins Bett gelegt und unsere Oma brachte jedem von uns noch eine heiße Bettflasche, die in der damaligen Zeit entweder aus Kupfer oder aus Zink war. Meistens schliefen wir schon während des Hinauftragens ins Schlafzimmer selig ein. Aber vor 4 Uhr in der Frühe wurden wir von unserer Mutter und unserer Großmutter bereits wieder geweckt. Wir wurden warm eingemummt und stapften durch dicken Schnee und durch die stockdunkle Nacht in die St.-Ursula-Kirche zur Christmette. Damals gab es noch keine Straßenlaternen und so stolperten wir in der Dunkelheit über Eis und Schnee die Kirchentreppen hinauf. Es war eine heutzutage kaum noch vorstellbare Riesenanstrengung für alle Kirchgänger. Es ist heute wahrscheinlich kaum zu glauben, welche Anstrengung es damals gewesen ist, diese eigentlich kurze Strecke in der Dunkelheit beim Laternenschein oder gar nur im Schein einer Wachskerze zu bewältigen.

Zu unseren Winterfreuden nach den Weihnachtsfeiertagen gehörte auch das Rodeln auf der Bleiche. Wir hatten einen Holzschlitten mit einer recht hohen Lehne, so daß wir kleineren Kinder nicht so leicht herunterfallen konnten. Oben beim Ruppel starteten wir und fuhren bis zum Brunnen oder gar bis zum Spritzenhaus. Dabei kippte unser Schlitten andauernd um, weil uns die Buben extra angefahren haben. Natürlich waren wir pitschnaß, aber das störte uns nicht. Wir fuhren, bis es dunkel wurde. Dann mußten alle Kinder schnell nach Hause gehen.

Da unser Vater – wie ich schon erzählt habe – im Krieg gewesen ist, blieben wir vier Kinder von Weihnachten bis beinahe zum Osterfest bei unseren Großeltern in der Wiederholtstraße. So konnte unsere Mutter in unserer Bommersheimer Wohnung den Hausbrand einsparen, was in diesen armen Zeiten von großem Vorteil war. Denn wer sollte das Holz hacken und spalten, um den Ofen zu beheizen? Wenn auch das Wohnhaus in der Wiederholtstraße sehr klein war, so war da doch ein Garten beim Haus. Und in diesem Garten stand ein Gartenhaus, das sehr viel größer war als das eigentliche Wohnhaus, und so hatten wir es nicht zu eng bei unseren Großeltern. Im Frühjahr stapften wir dann durch den schmelzenden Schnee und durch viel Matsch über die Felder wieder zu unserer Mutter nach Bommersheim. Glücklich und ziemlich erschöpft fielen wir dort in unsere Betten.

Das Rodeln auf der Bleiche und die Wochen bei meinen Großeltern in Oberursel gehören mit zu den schönsten Erinnerungen an meine Kindheit. Früher war es noch ein weiter Fußmarsch von Bommersheim nach Oberursel und es pfiff uns vom Taunus her ein scharfer Schneewind entgegen, wenn wir unsere Großeltern besuchen gingen. Wenn wir dann endlich in der Wiederholtstraße ankamen, waren wir arg durchgefroren. Wir hatten pitschnasse Schuhe und Strümpfe, weil wir durch hohen Schnee gehen mußten. In der heutigen Zeit kann sich sicher kaum noch jemand vorstellen, daß es einmal so strenge Winter hier im Taunus gegeben hat.

Barbara-Zweige für Weihnachten

Am Barbaratag (4. Dezember) geht man nach altem Volksbrauch hinaus in den Garten und schneidet Kirschzweige, Mandeln, Pfirsiche, Aepfel, Birnen, man nimmt auch frühblühende Ziersträucher wie die herrlichen Forsythien, die nacktblumigen Jasminarten, die frühblühenden Kätzchen der Weide, der Haselnuß, Birke und Silberpappel, um sie zuhause in der warmen Stube in das Wasser zu stellen, damit sie bis Weihnachten Blüten treiben. Allerdings muß man einiges beachten, damit die Zweige auch wirklich an Weihnachten blühen. Vor allem fülle man das Wasser jeden Tag auf, ziemlich warm. Die Barbarazweige sind auch täglich mindestens einmal mit lauwarmem Wasser zu bespritzen, damit die Zweige nicht eintrocknen. Noch sicherer bringt man sie zum Blühen, wenn man sie einen über den anderen Tag etwa zehn Minuten in ein lauwarmes Wasserbad legt. Am besten stellt man in die Vase einen gemischten Barbarastrauß, der aus allen möglichen Fruchthölzern besteht. Nach dem Volksglauben hat der im nächsten Jahr am meisten Glück, dessen Barbarazweige am schönsten blühen.

Taunus-Anzeiger vom 3. Dezember 1941

MER BRAUCHT NET VIEL, UM SICH ZU FREUE

Des Fest, schon wochelang im Komme,
Sucht doch beizeite sich sei Ruh.
De Heilig Abend, unbenomme,
Krieht glatt en Sonntag dadezu.

Noch lieht de Flimmer in de Läde.
Des Aagebot is uffgezehrt.
Wenn net die Engel knoddern dete,
Hätt sich die Hast noch mehr vermehrt.

Die Fröhlichkeit kimmt jetzt von Herze.
Kaa Wunner, wo e Kind geborn,
Dut sich des Lebe net verkerze,
Un aach kaa Hoffnung geht verlorn.

Mer braucht net viel, um sich zu freue.
Nur Einsamkeit mecht werklich arm.
Dut des Zusammesei net scheue,
Nur so macht ihr es Herz euch warm.

All die uns jetzt ihr Hilf beweise,
Im Dienst an de Notwendigkeit,
Euch soll e extra Sternche kreise,
Un nemmt se aa, die Dankbarkeit.

Ach die heut krank im Eckche liehe:
E Herz voll Hoffe mecht gesund!
Ihr müßr nur fest am Bennel ziehe,
Dann geht's von selber widder rund.

E froh Weihnachtszeit wünscht
Ihne Ihrn Laterne-Schorsch

Taunus-Kurier vom 23. Dezember 1989

KÖNIGSTEIN

„Feines schmeckt immer“

Konditor Paul Kiefer vom Café Kreiner
über gute Sachen zum Fest

Herr Kiefer, Sie sind seit 50 Jahren Konditormeister. Kommen Sie noch in Versuchung, in Ihrer Backstube von Plätzchen und Torten zu kosten?
Aber ja, ich probiere sehr viel. Wissen Sie, wir verwenden ja nur allerfeinste Zutaten, die besten Rohstoffe. Ich weiß also um die Qualität all dessen, was wir hier produzieren. Da macht es einfach Spaß, etwas in den Mund zu nehmen. Also, ich probiere sehr, sehr viel. Nicht nur wegen der Qualitätssicherung, sondern weil feine Sachen immer gut schmecken. Wobei die Qualitätsüberprüfung natürlich auch unerlässlich ist. Selbst bei bewährten Rezepturen kann es sein, dass schon mal beim Backen et-

was anders ausfällt als sonst. Wenn ich zum Beispiel sehe, dass die Farbe der Glasur, der Zuckerguss, auf den Zimtsternen nicht weiß ist, sondern etwas bräunlich – dann kann man die schon vergessen.

Wann beginnen Sie mit den Vorbereitungen fürs Weihnachtsgeschäft?
Anfang Oktober fangen wir mit dem Ordern der Ware an: Butter, Schokolade, Sahne, feinstes Marzipan aus Mittelmeermandeln, Sultaninen für den Stollen – das wird nach Tonnen bestellt über zwei Einkaufsgenossenschaften für Konditoren.

Und was ist mit Eiern?
Die bezieht das Café Kreiner seit mehr als 70 Jahren von derselben Hühnerfarm im Westerwald. Das sind Eier von erstklassiger Qualität, die wir nicht nur für Kekse und Kuchen verwenden, sondern auch gekocht oder als Rühr- und Spiegelei im Café anbieten; die Kunden loben immer die Frische.

Wie viele Stollen backen Sie in einer Weihnachtssaison?
Das dürften so ungefähr 700 sein, in allen Größen. Und wir bieten auch einen Siebenpfünder an, der in unserem Geschäft als frische Schnittware verkauft wird, für Kunden, die keinen ganzen Stollen brauchen oder die Endstücke nicht mögen. Schon Mitte November holen wir den Stollen aus der Burg.

Was heißt das?
Wir beginnen mit dem Backen der Stollen schon Mitte Oktober. Die fertigen lagern wir seit etlichen Jahren bei 8 Grad Celsius und bei Dunkelheit in einem Kellerraum in der Burg Königstein ein. Dort erhält der Stollen sein reifes, volles Aroma an Geschmack und Duft. Zu den Stollen kommen aber noch etwa 70 Knusperhäuser, in allen Größen und liebevoll dekoriert.

Mit welchen Plätzchen warten Sie zur Weihnachtszeit auf?
Wir haben ja ein ganzjähriges Angebot von rund 20 Kekssorten. In der

Weihnachtszeit kommen hausgemachte Vanillekipferl hinzu, Lebkuchen, Zimtsterne, Dominosteine. Die Bethmännchen werden im Advent auch stark nachgefragt, aber die haben wir längst ganzjährig im Angebot. Sie werden bei uns nicht gebacken, sondern in einer eigenen Maschine geflämmt. Wenn Bethmännchen gebacken werden, können sie zu hart werden. Auch das Gelee für unsere Dominosteine stellen wir selbst her, aus frischem Himbeersaft. So etwas kann man sonst nirgends kaufen.

Müssen Sie Ihr Team vor Weihnachten eigentlich verstärken?
Nein, wir sind ja ganzjährig zehn Konditoren, darunter sieben Konditormeister, inklusive meinem Sohn Dirk und mir. Zehn festangestellte Konditoren in einem mittelständischen Betrieb – das finden Sie zwischen Hamburg und München kein zweites Mal. Und da das alles tolle Leute sind, die ihre Sache verstehen, brauchen wir auch vor Weihnachten personell nicht aufzustocken. Allerdings legen wir schon mal Sonderschichten ein und backen dann auch an den Tagen, an denen Geschäft und Café geschlossen sind.

Und das Verkaufspersonal wird vor Weihnachten auch nicht aufgestockt?
Nein, wir haben unsere festen Kräfte inklusive meiner Schwiegertochter Kim, alles andere würde unsere treue Kundschaft auch verunsichern. Wir brauchen Verkäuferinnen, die die Kunden erkennen und die von den Kunden erkannt werden. Außerdem sind noch in der Küche drei Personen beschäftigt. Und den Service im Café meistert seit mehr als 35 Jahren Hildegard Marthen.

Verkaufen Sie Ihre Weihnachtsangebote nur in Königstein?
Nein, ich liefere zweimal in der Woche in Frankfurt aus, manchmal dreimal, zahlreiche Banken und große Kanzleien sind unsere Dauerabnehmer. Begonnen hat es mit dem Bankhaus Metzler, heute finden Sie in den Büros in fast allen Türmen in Frankfurt Kekse von Kreiner. Die verbrauchen so viele Mengen an Keksen bei Besprechungen, als hätten wir Weihnachten. Und vor dem Fest verstärkt sich das noch einmal.

Und liefern Sie auch per Post?
Regelmäßig. Ich schätze mal, wir geben etwa 400 Päckchen und Pakete vor Weihnachten auf. Königsteiner Familien lassen zum Beispiel Stollen zu Verwandten in alle Welt schicken. Wenn Sie heute eine Zitronentorte nach New York versenden, ist sie per Express am nächsten Tag dort. Wir haben per UPS auch schon eine dreistöckige Hochzeitstorte nach Vancouver in Kanada bringen lassen: Morgens um 10 abgeholt, am nächsten Tag war sie da.

Heil?
Jawohl. Es gibt heute Methoden der Verpackung, da kann man nur staunen. Die Torte wird natürlich eingefroren und von nachgebendem, flexiblem Verpackungsmaterial umhüllt. Außerdem wird sie im Flugzeug ja auch noch einmal gekühlt. Auch Knusperhäuser machen wir postfertig. Wenn dann ein Kunde die Bestellung abholt und fragt: „Geht das auch wirklich nicht kaputt?", dann lasse ich das Paket fallen und sage: „Diesen Schlag hält es allemal aus."

Wer einen Blick wirft in Ihre Backküche, wird feststellen, dass alles pikobello sauber ist.
Anders geht es nicht. Die Qualität unserer Produkte verträgt sich nur mit allergrößter Hygiene.

Sie selbst waren am 8. August 2018 fünfzig Jahre im Café Kreiner.
Ich habe als Geselle angefangen und wollte nur ein Jahr hier bleiben, aber dann war es so schön, dass ich blieb. Ich fing in der zweiten Generation Kreiner an, dann kam die dritte, ich war die vierte und mein Sohn, der heute der Pächter und jetzt mein „Chef" ist, repräsentiert die fünfte.

Verraten Sie zum Schluss noch ein Rezept für ein Weihnachtsplätzchen?
Gern. Nehmen wir Vanillekipferl. Zutaten: 470 g Butter, 170 g Staubzucker (nicht Puderzucker), 580 g Weizenmehl, 190 g braune, gemahlene Mandeln, Vanille und eine kleine Prise Salz. Die Zutaten vermischen zu

einem Mürbeteig. Den Teig einen Zentimeter dick ausrollen. Mit einem langen Messer circa zwei mal zwei cm kleine Quadrate ausschneiden. Diese in der Hand zu kleinen Stangen rollen, die an den Enden etwas dünner werden, um sie im Anschluss gebogen auf ein mit Backpapier ausgelegtes Backblech zu legen. Die Vanillekipferl im vorgeheizten Ofen bei 210° C (Umluft 170° C) 15 bis 20 Minuten goldgelb backen und noch warm in Zucker wälzen.

HOFHEIM/ESCHBORN

Vom Braten nur geträumt

Günter Rühl und Heinz Kunz erinnern sich an die Weihnachtszeit vor rund 50 Jahren

VON BARBARA HELFRICH UND ULRICH GEHRING

Günter Rühl rodelte als Kind in einem Rutsch vom Meisterturm bis zum Alten Rathaus herunter: Der Hofheimer Kapellenberg war noch nicht bebaut, die Straßen waren nicht gestreut, und reichlich Schnee sorgte für eine traumhafte Schlittenbahn. Die Winter seiner Kindheit seien viel strenger gewesen als heute, erinnert sich der 76-Jährige. 1941/42 sank das Thermometer sogar unter minus 20 Grad.

Hinweise auf kalte Winter geben auch die Bilder vom Schwarzbachhochwasser im Jahr 1929. Sie zählen zu den rund 2.000 historischen Fotos von Hofheim, die der Hobbyhistoriker gesammelt hat. In dem reißenden Gewässer treiben dicke Eisschollen, aufgenommen sind die Bilder Anfang März, nur drei Wochen vor Frühlingsbeginn.

Gelegenheit zum Schlittschuhlaufen gab es in Hofheim trotz der Kälte kaum. Nur ein paar Jahre diente das zugefrorene Freibad als Eisbahn. Es wurde 1936 an der Straße nach Lorsbach gebaut, aber schon mit Kriegsbeginn wieder geschlossen. Denn das Wasser sei auch im Sommer nie richtig warm geworden, die Lage am Nordhang sei ungünstig gewesen, begründet Rühl.

Als Kind sammelte er im Winter im Wald Holz für den Ofen. Auch ihre Weihnachtsbäume fällten die Hofheimer im Wald, Verkaufsstände für Tannen habe es noch nicht gegeben. Weihnachten sei während des Krieges vor allem traurig gewesen, sagt Rühl. Rund 20 Männer aus der unmittelbaren Umgebung seines Elternhauses in der Oskar-Meyrer-Straße seien gefallen. „Unsere Nachbarn verloren beide Söhne." Weihnachten 1944 leistete er als 16-Jähriger selbst Kriegsdienst als Flakhelfer auf dem Frankfurter Flughafen.

Von einer Gans als Weihnachtsbraten konnten die Hofheimer in den Vierzigerjahren nur träumen. Sie waren in den mageren Jahren zufrieden, wenn sie ein Kaninchen aus dem eigenen Stall auf dem Tisch hatten. Schokolade habe er als Kind nicht gekannt, Plätzchen und Stollen wurden gebacken, aber in den Kriegsjahren ohne Rosinen. Unter dem Weihnachtsbaum habe für die Kinder vor allem Kleidung gelegen, neue Spielsachen gab es nicht jedes Jahr. Die Jungen hätten mit Soldaten und Blechpanzern gespielt. Günter Rühl erinnert sich noch an das Motorrad zum Aufziehen, das er in dieser Zeit geschenkt bekam.

Am Heiligabend habe die Familie um den Volksempfänger zusammengesessen und Weihnachtsliedern und Frontberichten gelauscht. Im Radio sei auch das Geläut der Kirchenglocken aus vielen deutschen Städten übertragen worden, erinnert sich Rühl.

Feierlich ist das Wort, das ihm bei seinen Weihnachtserinnerungen immer wieder einfällt: „Die Menschen waren zufriedener, die Kinder freuten sich auch an kleinen Dingen und waren nicht so verwöhnt wie heute." Weihnachten sei inzwischen nur noch ein Geschäft, findet der Ur-Hofheimer Rühl: „Der Konsumrausch und der Rummel in den Kaufhäusern ekeln mich an."

Für den ehemaligen Eschborner Landwirt Heinrich Kunz waren die Winter auch früher nicht strenger als heute. Im nur 110 Meter hoch gelegenen Arbeiter- und Bauerndorf jedenfalls sei man kaum gerodelt. An der Oberwiese? „Lächerlich", winkt der 79-Jährige ab. Wenn, dann bot in guten Wintern die Steinbacher Straße beim Friedhof Gelegenheit, Schlitten zu fahren. „Aber das war manchmal nur ein Abend im Jahr", sagt Kunz. Jugendliche hätten die Piste mit ein paar Eimern Wasser präpariert.

Schlittschuhe habe jeder zu Hause gehabt. Wo heute das Rathaus steht, gab es ein Bewässerungssystem mit Gräben und Schleuse. Wenn man an den seltenen Frosttagen die „Schlies" zudrehte, gefror das Wasser zur Eisbahn. Wagemutige schnallten auch auf dem Westerbach die Schlittschuhe an. Der junge Heinrich ist auf dem Hohleis prompt einmal eingebrochen: „Die Großen konnten sich an der Eisenbrücke noch festhalten", sagt er heute, „ich war aber noch zu klein." Was ein richtiger Eschborner ist, der muss auch mal in den Westerbach gefallen sein, heißt es laut Kunz bis heute im Ort. Mit Skifahren war es nichts im milden Eschborn, und Ausflüge in den verschneiten Taunus verboten sich den bäuerlichen Familien schon deshalb, weil das Vieh gemolken sein wollte.

Nicht erst im Krieg zeigte sich, dass das Bauerndasein auch Vorteile hat: „Zu essen hatten wir immer." Anfang Dezember wurde geschlachtet. Wer der Familie Kunz im Sommer geholfen hatte, Rüben zu verziehen, holte sich mit der Milchkanne Wurstsuppe ab. Das Festessen war meist Schweinebraten mit Kartoffeln und Rosenkohl.

„Christbäume hat man in Eschborn beim Händler gekauft und nicht geklaut. Anders als Nachbardörfer haben wir keinen Wald", erklärt

Heinrich Kunz. Und was lag unterm Baum? „Die Geschenke hielten sich im Rahmen, obwohl ich Einzelkind war.“ Dann zählt er aber doch ein paar hübsche Sachen auf: die Märklinbahn zum Aufziehen; den Stall mit Tonfiguren; den hölzernen Matador-Bausatz, mit dessen gelochten Stäben und Rädern man Autos und Kräne bauen konnte. Eine spiritusbefeuerte Dampfmaschine aus Blech gab es auch irgendwann. Kunz kann noch in allen Einzelheiten schildern, wie er damit den Wohnzimmertisch in Brand gesetzt hat. „Feuer“ hat er geistesgegenwärtig geschrien, der Vater kam über den Hof gerannt, um mit der Melkschürze das Feuer zu ersticken. Vor allem gab es zu Weihnachten aber Kleider. 1938 boten die Konfirmanden in der Kirche ein Krippenspiel. Davon blieb Kunz noch die dicke Luft bei der Probe in Erinnerung, als ein Christbaum zu qualmen begann.

Frankfurter Rundschau vom 24./25. Dezember 2004

Die recycelten Weihnachtsgeschenke

VON KERSTIN PROSCH

Einen Adventskranz? „Hatten wir früher nicht daheim", erinnert sich Heinrich Kunz, der 1925 in Eschborn geboren wurde. „Das gab es erst so in den Fünfzigerjahren." Lediglich in der Kirche hing schon in seiner Jugendzeit ein Kranz. Dass Weihnachten vor der Tür stand, wäre Kunz, der auf einem landwirtschaftlichen Betrieb groß wurde, aber auch so nicht verborgen geblieben. Im November endete die Feldarbeit. Nun begannen der Hausputz und die Hausschlachtungen. In der Kirchengemeinde fingen die Proben für das Krippenspiel an. Auch Kunz war einmal dabei. „Das war Pflicht für die Konfirmanden", sagt er. „Einen Christbaum hatten wir zu Hause immer", blickt Kunz zurück. 1929 stand darunter erstmals ein Pferdestall aus Holz, den der 85-Jährige noch heute besitzt. Im Januar 1930 durfte er noch damit spielen. Dann verschwanden der Stall und die Pferde in der Versenkung, um am nächsten Heiligen Abend erneut unter dem Baum zu stehen. So ging es weiter Jahr für Jahr. Ein ganz besonderes Geschenk bekam Kunz, als er zwölf Jahre alt war: ein Fahrrad. „Das kostete damals 55 Mark. Das war viel Geld."

Was für Kunz der Pferdestall, das war für Else Gasenzer die Puppenküche – ein Dauerpräsent, das sie jedoch immer wieder aufs Neue erfreuen konnte. Immerhin erfuhr die Puppenküche auch ab und an Veränderungen. „Einmal backte meine Mutter dafür ganz kleine Plätzchen", berichtet die waschechte Eschbornerin, die 1931 auf die Welt gekommen ist.

Ein Weihnachtspräsent, das ihr besonders in Erinnerung blieb, war jedoch der Schlitten, den sie 1936 oder 1937 bekam. „Mein Vater lief extra nach Höchst, um den Schlitten zu kaufen", sagt sie. Das gute

Stück sei so exzellent verarbeitet gewesen, dass selbst ihre Kinder noch ihre Freude damit hatten. Auch Schlitten und Puppenküche standen unterm Christbaum. An ein Jahr ohne Tanne kann Gasenzer sich nicht erinnern. Einen Adventskranz hatte dagegen auch ihre Familie erst ab den Fünfzigerjahren. Die Mutter zündete jedoch öfter eine Kerze an. Am Heiligen Abend ging sie mit ihrer Tochter in die evangelische Kirche in Eschborn.

„Die Leute, bei denen wir damals wohnten, waren katholisch", blickt die 79-Jährige zurück. Sie gehörten zu den wenigen Katholiken im protestantischen Eschborn. „Selbst bei Wind und Wetter liefen sie jedes Jahr nach Schwalbach zur Mitternachtsmesse", erzählt Gasenzer. Auch nach Ausbruch des Zweiten Weltkrieges hielten sie an dieser Tradition fest. Mit dem Krieg kam zunehmend die Not. Lebensmittel wurden knapp. Gasenzers Mutter, eine Schneiderin, bekam vor Weihnachten ab und an Eier oder Mehl geschenkt. Davon backte sie Plätzchen. „Wenn dann Fliegeralarm war, kamen die Plätzchen immer in einer Tasche mit", sagt Gasenzer. So kostbar wie die Plätzchen seien auch die Kerzen für den Baum gewesen, da auch sie in Eschborn Mangelware waren. Heinrich Kunz wusste von alledem wenig. 1943 war er zum Arbeitsdienst eingezogen worden. Wenig später musste er als Soldat nach Russland. „Aber ich hatte Glück." Im Sommer 1945 kehrte er heim. Die Not in seiner Heimatstadt war damals groß.

Die Familie Kunz hatte wegen ihres landwirtschaftlichen Betriebs immer genug zu essen. Vielen anderen ging es nicht so gut. Nur langsam kamen bessere Zeiten mit gut gefüllten Tellern. Auch größere Geschenke an Weihnachten waren nun manchem möglich. In den Sechzigerjahren brannte laut Kunz in Eschborn zum ersten Mal eine Weihnachtsbeleuchtung. Von Jahr zu Jahr wurde es mehr. Plötzlich gab es auch nicht nur in den großen Städten, sondern allerorten Weihnachtsmärkte. „Das ist schon übertrieben", findet Kunz.

Frankfurter Rundschau vom 24. Dezember 2010

Zu Weihnachts-, Neujahrs- und Geburtstags-Geschenken

Empfiehlt der Unterzeichnete sein nun wieder auf's Vollständigste assortirtes Spielwaarenlager in sämmtlichen nachgenannten und noch vielen anderen, von den geringsten bis zu den feinsten, elegantesten Gegenständen, als:

Feingekleidete Puppen, Puppenköpfe mit und ohne Haare und Glasaugen, in Holz und in Papiermaché, Puppenbälge in Leinen und Leder, Schrei-, Wickel- und Gliederpuppen etc., ferner: Näh- und Arbeitskistchen, Nähladen, Ankleidepuppen, Puppenzimmer, Küchen in Blech und Holz, Haus- und Spezereiläden, sowie alle für Mädchen passende Spiele.

Für Knaben: Bau- und Architektur, Reise- und Handel-, Wolf- und Schaaf-, Magnet-, Geduld-, Domino-, Lotto-, Schach-, Dam- und die verschiedenartigsten Gesellschaftsspiele, worunter die neuesten als: Ewiger Jude von Eugène Sue, Zopf und Schwert von Gutzkow, Robinson, Reise zur Frankfurter Messe, desgleichen geschichtliche, geographische und mathematische, Taschen- und Zauber-, Ritter- und Turnierspiele und noch die mannigfaltigsten Spiele zur Belehrung und Unterhaltung, Kunstmalereien, Druckereien, Ritterrüstungen, Gewehre, Kanonen, Säbel, Degen, Fahnen, Patrontaschen, Tornister, Tschakko's, Trommeln, Trompeten, Pistolen, Armbruste, Reit- und Fahrpeitschen, Wagen, Reit- und Schaukelpferde, Hauptwachen, Theater, Dioramen, Panoramen, Optiken, chinesische Feuerwerke, Schattenspiele (Laterna Magica), Wasserspringwerke, Menagerien, Archen Noah's, Schweizerhäuser, Schweizereien, Jägereien, Wettrennen, Landschaften, Schäfereien, Thierweiden, Dreh- und Hobelbänke, Millards, Kegel, mechanische Kegeltische, Schnorrbretten, Handwerkszeuge, Globus, Universaluhren, Reiszeuge etc.

Auch habe ich ein schönes Sortiment von 6, 9, 12 und 18 kr. Gegenständen besonders aufgestellt.

Heinrich Hofmann
Dorotheenstraße Nr. 72

Amts- und Intelligenz-Blatt für das Landgräflich Hessische Amt Homburg, Nr. 51, vom 21. Dezember 1845

HOMBURG

Letzte Kriegsweihnacht einer Homburgerin

Meine letzte Kriegsweihnacht verlief nicht viel anders als in den Jahren davor, abgesehen davon, daß von den für die Feiertage sorgfältig geschonten Vorräten allmählich nur noch dürftige Reste vorhanden waren. Das Kennzeichen der Vorweihnachtszeit bestand darin, daß für die Vorbereitungen auch die letzte Freizeit draufging. Die war immer schon recht knapp, denn nach der täglichen Berufsarbeit (mit 48-Stundenwoche einschl. Samstagsarbeit) begannen die Bemühungen zur Beschaffung der wichtigsten, für das Leben notwendigen Dinge wie z. B. Sammeln von Kleinholz im Wald und dessen Heimtransport mit dem Fahrrad (wir hatten im Haus kein Gas und brauchten das Holz zum Kochen), Pflegen und Abernten des Gartens – im Herbst hauptsächlich Obst, Kartoffeln und Zuckerrüben – Verarbeitung der Zuckerrüben zu Sirup, Suchen von Kaninchenfutter und Reinigen der Ställe, Nähen neuer Kleidungsstücke durch Zusammensetzung von zwei alten Kleidern, Sohlen von Schuhen mit Lederresten oder Holzlättchen usw. Vor Weihnachten kam hierzu noch das Sammeln von Bucheckern, denn außer dem Umtausch in Öl konnte man sie zerkleinert ausgezeichnet zu Pralinen verarbeiten. (Leider enthielten sie viel Blausäure, was sich aber erst nach dem Genuß der Pralinen herausstellte.)

Für mich gab es dann noch die wichtige Aufgabe, eines der im Kaninchenstall verbliebenen zwei Tiere mit dem besten verfügbaren Futter ein wenig zu mästen (das andere Kaninchen durfte zwecks Fortsetzung der Zucht am Leben bleiben). Damit war stets der Weihnachtsbraten gesichert, das einzige Mal im Jahr, an dem wir uns an Fleisch satt essen durften.

In der letzten Weihnachtswoche wurden dann aus den während des ganzen Jahres eingesparten Rationen an Mehl, Butter und Zucker Plätzchen gebacken, die gleich hinter Schloß und Riegel kamen.

Am Heiligen Abend wurde außer im Wohnzimmer ausnahmsweise auch im Eßzimmer, in dem der Christbaum stand, das Kanonenöfchen beheizt (die Zentralheizung war mangels Koks schon seit Jahren stillgelegt). Für weihnachtliche Musik mußte allerdings der Radioapparat genügen, denn fürs Klavierspielen waren die Finger doch zu klamm. Nach 10-minütigem Anblick des Lichterglanzes wurden etwa noch verbliebene Kerzenstummel gelöscht, jeder nahm seinen Gebäck- und Pralinenteller und zog sich wieder ins wärmere Wohnzimmer zurück, um an diesem Abend mal ohne jede Pflichten sich ganz dem Genuß der Süßigkeiten, evtl. verbunden mit einer guten Lektüre, hinzugeben. Die Nachtruhe später begann wie üblich mit einer Schocktherapie in Form eines eiskalten Zimmers mit klammem Bett; aber der entspannte Abend und die Aussicht auf den bevorstehenden Feiertag mit seinen lieblichen Genüssen half sicherlich, den sonst in Folge der Kälte etwas verkrampften Schlaf ein wenig wohliger werden zu lassen (vorausgesetzt, daß er nicht durch Fliegeralarm unterbrochen wurde).

Der Höhepunkt des 25. Dezember war dann der mittägliche Hasenbraten, der im Gegensatz zu anderen Tagen zur Sättigung verhalf, ohne daß der Magen zum Platzen gefüllt werden mußte. Damit allerdings waren die weihnachtlichen Genüsse zu Ende. Selbstgebackene Obsttorten mit Schlagsahne aus Magermilchpulver gehörten zum sonntäglichen Standard. Und andere als leibliche Genüsse (wie z. B. Konzerte) waren selten geworden. Keinesfalls gab es sie in winterlicher Kälte, denn wie hätte man einen Konzertsaal beheizen sollen?

Alt Homburg, Mitteilungs-, Kultur- und Erinnerungsblatt vom Dezember 1984, Nr. 12, der Name der Verfasserin wird nicht genannt

Kurtchens Weihnachtsbaum

Von Philipp Heinrich Schmaus

Die folgende Geschichte aus der Zeitschrift „Volk und Scholle" ist lediglich mit der Ortsmarke „Taunus" gekennzeichnet. In welchem Ort sie spielt – es ist nur „vom Dorf" die Rede – geht aus den Zeilen nicht hervor, lediglich die Nähe zur Stadt Frankfurt wird erwähnt. Der Autor und Heimatforscher Philipp Heinrich Schmaus stammt aus Wetterfeld, seit 1970 ein Stadtteil von Laubach bei Gießen. Da die Geschichte in ihrer Schlichtheit anrührend ist, sei sie trotz ihres ungewissen Handlungsorts hier aufgenommen.

Er hieß eigentlich Konrädchen und war ein kleiner Knabe von ungefähr acht Jahren, so ein recht gutmütiger, munterer Junge. Im Dorfe hieß er „Kotchen" und seine Mutter rief ihn auch so, und so gefiel es ihm. Seine Eltern waren arme Leute, sein Vater war Bergmann und wenn Kotchen nachmittags die einzige Ziege hüten mußte, dann sann er darüber nach, wie er einmal ein reicher Mann werden wollte.

Nun waren es noch einige Tage bis Weihnachten. Kotchen brauchte wegen der kalten Witterung die Ziege nicht mehr zu hüten und spielte mit seinen Schulkameraden auf dem Anger. Die Buben erzählten sich von dem nahen Weihnachtsfest und freuten sich schon darauf.

„Mir bringt das Christkindchen ein Paar neue Schlittschuh' mit", sagte Försters Andres und warf sich dabei in die Brust. Der Krugmichels Peter meinte: „Unser kleiner Karl kriegt einen Schockelgaul, was ich bekomme, weiß ich noch nicht." „Du bekommst den Buckel voll Schläg", sagte tapfer unser Kotchen. Alle lachten, bis Peter ärgerlich sagte: „Und du, Kotchen, bekommst gar nichts." „Ja", sagte Kotchen traurig, „wir sind auch keine reichen Leute." „Aber ein Christbäumchen macht ihr doch?", fragte Försters Andres.

Kotchen antwortete: „Wir haben noch nie eins gehabt, meine Mutter sagt, wir sind arme Leute und müssen froh sein, wenn wir uns einen Kuchen backen können." Da riefen seine beiden Kameraden: „Aber Kotchen, du mußt doch ein Bäumchen haben, sonst ist doch gar kein Christtag!"

„Meine Mutter sagt, wir gehen zur Bärbelswäs, die hat eins, und da können wir auch gucken" antwortete Kotchen. „Das geht nicht, Kotchen, du mußt ein Christbäumchen haben", meinte der gar nicht mehr beleidigte Peter. „Wenn du eins haben willst, dann sag's", sagte etwas leiser Försters Andres. „Ja, wie denn?", meinte Kotchen und lächelte schon ein bißchen dabei, als wenn er's schon hätte.

Nun wurde die Unterhaltung etwas leiser, denn was jetzt gesprochen wurde, sollte kein anderer hören. Försters Andres machte „die Anschläg" und sagte: „Kotchen, morgen geht mein Vater in die Stadt zum Oberförster und wenn mein Vater beim Oberförster in der Stadt ist, dann ist von den zwei keiner hier. Wenn du morgen Mittag Kaffee getrunken hast, dann kommst du bei die Linde, dann gehen wir in den Wald und holen dir ein Christbäumchen."

„Prima, prima“, rief der Krugmichels Peter, „ich gehe mit.“ Es wurde noch eine Weile beraten, wie es gemacht werden sollte, und dann verliefen sich die Buben, denn es läutete „zur Nacht“ und nach dem Abendläuten machte der Herr Lehrer die Runde durchs Dorf, und wenn er noch einen Buben auf der Gasse erwischte, wußte der, daß er ohne Ohrfeige nicht vorbeikam.

Kotchen hatte sich an diesem Abend früh in sein Bett gelegt und konnte lange nicht einschlafen. Am anderen Morgen, als er ziemlich spät erwachte, rief er: „Mutter, ich hab vom Christkindchen geträumt und von einem schönen Weihnachtsbaum mit vielen Lichtern.“ „Ach was, das ist aber schön gewesen“, sagte die Mutter und streichelte dem Kotchen die braunen Locken. Sie ging dann schnell hinaus und weinte still, es tat ihr so leid, daß sie ihrem Jungen so gar keine Freude machen konnte, denn sie waren wirklich arme Leute und der Vater verdiente nicht viel.

An diesem Tag hat Kotchen viel gefragt: „Mutter, wieviel Uhr ist es denn und trinken wir nicht bald Kaffee?“ Ihm wurde die Zeit so lang, denn die Geschichte mit dem Bäumchen ging ihm im Kopf herum. Als dann endlich der Nachmittagskaffee getrunken wurde, da war Kotchen schnell fertig damit. Er eilte zur Linde, und da kamen dann auch schon seine zwei Freunde. Nun wurde noch einen Augenblick beraten, und schon ging es los in der Richtung nach dem Wald.

Im Wald kannten sie fast jeden Baum. Bald hatten sie ganz stillschweigend ein kleines Christbäumchen ausgesucht, und nun standen sie mit Herzklopfen dabei, die kleinen Spitzbuben, und keiner wollte es abschneiden, denn es war ihnen doch ein bißchen bange. Da sagte der Andres: „Wißt ihr was, wir lassen es stehen, mein Vater hat gesagt, der Frankfurter Händler hätte ein paar Bäumchen nicht genommen, die wären ihm nicht schön genug gewesen, und die liegen nun im Walde, da gehen wir hin und holen eins.“ Sie streiften durch den Wald und fanden bald die verworfenen Bäumchen. Sie suchten eins aus, es war für Kotchen immer noch schön. Froh ging es heimwärts.

Am Waldesrand wurde halt gemacht. Als es bald dämmerig war und sie dachten, die Leute im Dorf seien am Viehfüttern, marschierten sie ab. Sie schlichen hinter Hecken und Gärten herum, und weil die Leute zu dieser Zeit in Stall und Scheuer beschäftigt sind, langten sie richtig auch hinten herum in Kotchens Holzschuppen an. Dort versteckte Kotchen das Bäumchen und seine beiden Freunde machten sich aus dem Staub.

Am andern Tag war Kotchen den ganzen Tag im Holzschuppen beschäftigt. Er hämmerte und klopfte und wenn seine Mutter ihn fragte: „Kotchen, was rührst du denn den ganzen Tag da herum, der Kuchen ist gebacken, komm, hol dir ein Stück", dann antwortete Kotchen: „Ich muß die Blanke näle, die Hühner mache immer hier hinne enaus, leg mir ein Stück Kuche uf de Tisch, ich eß es hernach." Das war der Mutter wunderlich, aber sie dachte nichts dabei. Kotchen hatte den Stiel aus der Schlage (dem großen Holzhammer) gemacht und sein Bäumchen hinein gekeilt. So hatte er einen Ständer.

Am Abend, als die Mutter im Ziegenstall war und die Ziege füttern und melken mußte, war Kotchen seiner Sache sicher. Er holte sein Bäumchen aus dem Holzschuppen, trug's in die Stube, legte ein Stück Zeitung auf den Tisch und stellte es darauf. Dann holte er sein Stück Kuchen herbei, er hatte es am Nachmittag nicht gegessen, sondern hatte es sich hinter dem Spiegel versteckt. Er nahm ein Stück Bindfaden, band das Stück Kuchen an einen Ast des Bäumchens und freute sich schon. Er hatte doch keinen Christbaumschmuck und auch keine Kuhlichter (Kerzen), aber er wußte sich zu helfen. Sein Vater hatte ein altes Bergmannslicht, das hatte sich Kotchen am Tage schon „in die Reih" gemacht, er hatte einen neuen Wattedocht hinein gemacht und Öl darauf getan. Nun ging er an das Herdfeuer in der Küche und steckte sein Festlicht an. Er hängte es an sein Bäumchen und großartig setzte er sich davor auf einen Stuhl und sagte: „Jetzt hab ich auch ein Christbäumchen!" Und weil ihm die Sache so gut geraten war, fing er vor lauter Freude an zu singen:

„Christkindchen, komm in unser Haus,
schüttel dein goldenes Säckelchen aus!“

Das hatte die Mutter gehört, als sie aus dem Stalle kam. Als sie die Tür aufmachte, rief sie: „Eijeijei, ei Kotchen, was machst du denn da?“ Kotchen sagte: „ Das hab ich mir selber gemacht, gelle Mutter, schillst mich nit.“

Die Tränen liefen der guten Mutter über die Wangen, und sie gab ihrem Buben einen Kuß. Sie setzte sich zu ihm und beide sangen. Kotchen hatte seinen Arm um der Mutter Hals gelegt und beide waren so froh.

Da ging die Stubentür auf und herein kam der Vater. Er blieb vor Staunen stehen und konnte erst gar nicht reden, dann sagte er: „Guten Abend, ei was ist denn hier los?“ „Guten Abend, Vater, setz dich bei uns“, riefen Mutter und Sohn, und dann mußte Kotchen erzählen, wie er das Bäumchen zurecht gemacht hatte und der Vater mußte es bewundern. Alle drei sangen noch ein Weihnachtslied und es klang gar feierlich. Der Vater kramte dann in seiner Rocktasche herum und brachte etwas heraus. Er sagte, das Christkindchen wär ihm auf dem Heimweg begegnet und hätt's ihm gegeben fürs Kotchen. Es war eine große Tüte voll Gebäck. Nun war die Freude noch größer und die drei saßen noch lange traulich bei ihrem Weihnachtsbaum. Aber die Bärbelswäs hat diesen Abend vergeblich auf ihren Besuch gewartet.

Aus Volk und Scholle, 14. Jahrgang, Heft 12, Dezember 1936

Dank

Auch bei der Arbeit an diesem Buch habe ich wieder einmal erfahren, dass Mitarbeiter von Archiven und Museen meist ausgesprochen freundlich und hilfsbereit sind. Deshalb gilt ein herzlicher Dank Peter Maresch vom Kreisarchiv des Hochtaunuskreises, Gregor Maier, Leiter des Fachbereichs Kultur im Hochtaunuskreis, Andreas Mengel vom Stadtarchiv Bad Homburg, Gerhard Raiss vom Museum der Stadt Eschborn, dem früheren Direktor des Museums Hessenpark Prof. Dr. Eugen Ernst, dem Lyriker und Heimatkundler Olaf Velte aus Wehrheim, Herrn Dietrich Klaipa, Kelkheim, und Ute Dieckhoff vom Zentralarchiv der Evangelischen Kirche Hessen Nassau.

Über den Autor

Peter Lückemeier, Jahrgang 1950, war seit 1980 Redakteur der Frankfurter Allgemeinen Zeitung und 26 Jahre einer ihrer beiden Lokalchefs. Er hat u. a. die Herzblatt-Geschichten in der Frankfurter Allgemeinen Sonntagszeitung erfunden und sie 16 Jahre lang verfasst. Er ist zudem als Buchautor vielfach hervorgetreten und ein intimer Kenner der Mainmetropole und ihrer Umgebung, immer ganz nah an ihrer Geschichte und ihren Geschichten.

Bildnachweis

Elena Medvedeva - Fotolia.com:
S. 28, 32, 33, 86, 97, 112, 138, 164

Eva Arzt:
S. 104

F.A.Z.:
S. 175

Jochen Reichwein:
S. 157

Jürgen Krüger, Karlsruhe:
S. 62

Kreisarchiv des Hochtaunuskreises:
S. 10, 13, 17, 24, 35, 37, 41, 46, 48, 50, 53, 54, 59, 60, 66, 74, 92, 93, 94, 95, 107, 109, 113, 119, 129, 139

Schöning Verlag:
S. 23

Uwe Lange:
S. 45

Idinka - Fotolia.com:
S. 15, 30, 36, 38, 44, 51, 56, 57, 61, 68, 70, 71, 73, 76, 79, 99, 102, 124, 132, 133, 134, 136, 141, 142, 146, 153, 156, 174

Die Herausgeber haben sich bemüht, die Urheber aller Bilder in diesem Band zu ermitteln und sie jeweils anzugeben. Wo dies leider nicht gelang, bitten wir gegebenenfalls um Nachricht an die Herausgeber.